為台灣文學朗讀——3

# 沉靜而洶湧的大地

總策劃／楊渡

# 目次

# 沉靜的大地，現實的凝視

楊渡

一九七〇年代的台灣，彷彿一個少年要轉型到青年階段，必然產生的自我認同危機(self-identity crisis)，更嚴重的，現實上的外在環境正在否定他的存在，他必須自問：我是誰？我為何存在？我生命的意義為何？未來要走向何方？

心理學上，所謂的「個人的自我認同」(self-identity)是指「對於自己的一種持續且一貫的自我瞭解，以及對於自己的一種再認感，擁有自我認同可以使我們在不同的環境扮演不同角色時，瞭解自己其實還是同一個人。在嬰兒期過後，自我認同都一直存在，但是在青少年時，個人的自我認同會有強烈的改變，此即許多書籍常提到的認同危機；青少年的認同危機是一種積極的探尋自我價值以及作人生決定的過程。」

一九七〇年代的台灣恰恰是如此。

一九五〇年代後期，政治上的反共意識形態已經無法支撐，被現代主義思潮所取代。文學上，我們稱之為《鄉愁與流浪的行板》。一九六〇年代的現代文學以其虛無主義、反工業文明、反禮法體制、存在主義等，來達到對反共戒嚴體制的反抗。為了追尋自由的創作環境與更廣闊的知識，許多作家遠行異國他鄉，再回到家鄉，奉獻給鄉土。我們稱之為《遠行與回歸的長路》。

然而，過度強調「橫的移殖」與學舌的現代主義語言，終不免把文字賣弄得「為晦澀而晦澀」，除了脫離文學美感，讀者難以了解之外，更重要的是脫離生活的現實，把文學變成獨白式的呢喃，把剛剛開始工業化的台灣寫得有如工業化之後的廢墟。

一九七二年，新加坡學者關傑明寫出〈中國現代詩的困境〉與〈中國現代詩的幻境〉二文，於當時影響力較大的《中國時報》人間副刊發表，造成轟動。一九七三年唐文標在《龍族》詩刊發表〈什麼時候什麼地方什麼人——論傳統詩與現代詩〉，八月的《中外文學》二卷三期、《文季》第一期與第二期，則刊出唐文標的〈僵斃的現代詩〉、〈詩的沒落〉兩篇文章，加上九月《中外文學》二卷四期再次刊出唐文標新作〈日之夕矣〉，短時間內的集中討論同主題，加上四文炮火猛烈，被文壇稱為「唐文標事件」。

整個現代詩論戰的延燒範圍頗廣，文壇老中青三代及文學評論界幾乎全部捲入，論戰直到一九七四年還未結束。在文學史上，它被視為鄉土文學的前哨戰。

從反共文學到現代主義文學，雖然有一定的進步性，但久而久之，就習於逃避，甚至以避世為標榜，無視現實存在的危機，最終忘卻了初衷是為了反抗，甚至變成對現實的懦弱而刻意的迴避。

然而一九七〇年代的台灣，卻再也無法逃避了。

*一九七〇年，開始保釣運動，延續到海外，影響一代知識份子。

*一九七一年，退出聯合國，台灣成為不被國際承認的「孤兒」。

*一九七二年，與日本斷交。

*一九七二年，美國總統尼克森訪問中國大陸。

*一九七三年，石油危機，依靠外貿出口的台灣經濟陷入困境。隨後蔣經國以〈十大建設〉的公共投資復甦經濟。

*一九七八年，與美國斷交。

國際外交的失利，讓蔣介石所主張的「反攻大陸」意識形態陷入困境，那一套代表「大中國法統」的認同也失去正當性，台灣內部陷入自我認同危機。當全世界大部份國家都不承認台灣的時候，台灣被迫開始自問「我是誰？我存在的意義何在？我要走向何方？」

另一方面，台灣社會也有了結構性的改變。一九六〇年代的進口替代經濟政策，成為民間中小企業崛起的契機；而由於農工部門之間的不等價交換，迫使得年輕農民無法在農村生存而進入工廠，成為工人；加工出口型經濟則為勞工帶來大量工作機會，再加上石油危機之後，蔣經國以「十大建設」投資公共建設，為民間注入資金，一九七〇年代的台灣是工業化全面啟動的年代。

外交的孤立，沒落的農村，崛起的工業，轉型的社會，在這樣的氛圍裡，人們不正視現實也難。事實上，早在鄉土文學論戰以前，就有了回歸現實，回到我們生存的土地，正視我們的生活的文學作品、藝術創作、民歌的出現。

一九七三年，林懷民創辦雲門舞集，他宣明自己的宗旨是：「中國人作曲、中國人編舞、中國人跳給中國觀眾看」。

一九七二年，李雙澤在一家高級咖啡館遇見了胡德夫、楊弦、韓正皓、吳楚楚等人。此時的台灣，國際地位下滑；而青年學生口中仍唱著西洋歌曲，對自己土地的歌謠興趣缺缺，這是何等的諷刺。李雙澤因此立志要「唱自己的歌」。

當時胡德夫為了父親的手術費用，在哥倫比亞咖啡廳駐唱；李雙澤問他：「你是卑南族吧，你們有沒有自己的歌？唱一首你們自己的歌！」胡德夫愣了一下，一時想不起來有什麼「自己的歌」可以唱；過了一會，才想起小時候父親唱過的一首歌《美麗的稻穗》。胡德夫唱了這首歌，並教大家一起唱。一九七三年，李雙澤與胡德夫共同安排在淡江文理學院國際學舍舉行民歌演唱會，為傳唱民歌打開新的風氣。

最重要的是鄉土文學作家早已出現了，優秀的作品也已得到讀者的肯定。陳映真、尉天驄、黃春明、王禎和、王拓、吳晟、鍾肇政、李喬、宋澤萊、楊青矗、洪醒夫等。他們的作品面貌多樣，刻劃主題從農村到漁村，從城市到社會邊緣，從文化變遷到跨國公司在台灣，敏銳的掌握了台灣社會的脈動。其實無待鄉土文學論戰，他們早已是一九七〇年代台灣文學最具代表性的聲音。

一九七六年，《夏潮》雜誌創刊，由蘇慶黎擔任主編。它標榜「鄉土的、社會的、文藝的」。《夏潮》可說是鄉土文學論戰中最重要的陣地，也是一個總結。在文學上它提倡現實主義文學，刊載了日據時代文學作家如楊逵、賴和等，找回台灣的現實主義傳統。在文學創作上。它結合陳映真、尉天驄、黃春明、王拓、王禎和、楊青矗等，明確標榜現實主義文學。在民歌上，它結合李雙澤、楊祖珺、胡德夫等創作者，提倡唱自己的歌。在報導文學上，更培養不少新一代作家。

準此以觀，一九七〇年代的台灣文學，表面上是沉靜的大地，卻早已因國際情勢的逆境，社會結構的變遷、勞工階級的增加、中產階級的出現等，有了洶湧的巨變。

……

「為台灣文學朗讀」第三集，我們名之為《沉靜而洶湧的大地》，即是為了向當年勇於開創的一代作家致敬。

文學前輩鍾肇政先生，早年主編《台灣文藝》，鼓勵年輕後進，培養不少新人。他的大河小說『台灣人三部曲』已是台灣文學史上不可忽視的豐碑。即使年紀已九十幾歲，他依然風趣笑談，好客好美食。席間再來一杯啤酒，回憶與智慧，妙語如珠。他瞇著的眼中，可是看盡了台灣文學的壓抑與成長，寂寞與風光。

李喬先生早年以大河小說『寒夜三部曲』而震動文壇。他在小說中描寫了他的父親在日據時期參加農民組合運動的故事。採訪他的時候，談起自己父親，他依舊充滿愛敬與不滿交織的矛盾。李喬是一個充滿創造力的人。他不拘一格，主題多樣，可以用寫實筆法說故事，也可以寫宗教，進入玄虛論述，也可以寫情慾，慾火如熾。他總是說，自己要封筆了，這是最後一篇小說，但隔了一下子，他有了新的想像，一部新作便出來了。

黃春明是最奇妙的創作者。他的小說非常好看，耐看，原因即在於人性的刻劃至細微處，往往使人笑中帶淚，對人生有一種深情的理解，溫柔的悲憫。但坦白說，我從青年時代認識他，跟他約稿，聽他講故事，至今三十幾年，還是認為他講的比寫的好聽。為什麼？他的聲音有感情，有悲傷，有歡樂，有一種他體會人生的自在與曠達，你唯有聽到過他說故事，才會知道聽他說故事的小朋友，是多麼的幸福。

在鄉土文學論戰當時，站在第一線的王拓，寫下〈是現實主義文學，不是鄉土文學〉而成為當年最重要的理論家。但王拓說自己不是專事文學理論的，而是迫於無奈，要和那些想「戴人紅帽子」的人論戰，不得已勉力為之。然而，王拓最好的部份，仍是小說家。他寫的基隆漁村故事，雖然只是兩本小說集，至今讀來依舊細緻動人。

吳晟是另一種典型。他以詩成名，卻也在散文創作上收穫頗豐。他的文筆質樸，情感醇厚，真誠正直，帶著剛烈，甚至連各種花俏的形容都寧可捨棄。不做一點虛事是他的特質。所以他愛台灣自然，要保護生態，二話不說，在家鄉自己種樹，一大片樹林都是台灣原生種。他反對國光石化，親自出來抗議，一句一句聲明自己的立場。從青年時代以來，三十幾年了，他的堅持與真誠，一如台灣的水田，明亮如鏡，深厚溫潤。

季季是台灣文壇的長青樹。她早年以雲林故鄉為背景的小說已是鄉土文學的代表。她擔任過人間副刊主編，親自閱歷過許多作家的人與品，內在與外在的矛與盾，無論外表的光鮮亮麗，或者內心的憂傷黯淡，她都可以包容，淡然微笑。有些八卦的故事，甚至比小說更好看，可以寫成好幾本大書。但她彷彿閱盡人世的滄桑，自在做一個文壇的大姐。

宋澤萊的小說，是台灣文學中頗奇特的現象。他的文筆之敏銳，用字之要求精準，甚至連場景的寫實，人物穿著之細節，他都講究得近乎苛求。他是一個自我要求非常高的人，但也是一個無比願意鼓勵後進的作家，可以寫長長的信，和新作家討論。他的創作風格從早期的〈打牛湳村〉到後期刻劃台灣因為污染而成廢墟的末世小說，逐步走向宗教情懷。那祈望宗教救贖，而對人性總是感到悲觀的深深的憂愁，貫穿他後期的小說。但無論如何，他的文學才華，和敏銳而悲憫的心，終是最珍貴的。

台灣一直缺乏刻劃勞動者的小說，這一點在訪問楊青矗的時候，感觸特別深。他的小說寫出工業化過程裡，從農村出來的勞動者，在缺乏安全保護與勞動保障的條件下，被漠視剝削的悲苦。為了取得賠償金而寧可製造「因公死亡」的工人、為了工作而離開農村家鄉的年輕男女工人，這些平凡無華卻真誠動人的形象，刻劃出一九七〇年代台灣工業化過程的底層面貌。

作家鄭清文的小說則是另一種典型。他寫作時間長，刻劃內容廣，文字平實，落筆準確，彷彿水彩畫一般，淡然而有韻味。

最可惜的小說家是王禎和。他一直走在時代變遷的最前沿，是敢於刻劃轉型時期當下的台灣社會的變貌，特別是尖銳指向人性那細緻變化的最優秀作家。在經濟狂奔、拜金主義盛行、農村急劇沒落、人性扭曲沈淪的過程中，他用了極其敏銳的眼光、近乎帶刺的筆，去刻劃人性內在的矛盾、堅強與脆弱。那種讓你看見人性的極低下極卑微，卻反而使你感受到人性還有一絲絲的尊嚴，一絲絲的反抗，那種文學力，是我在台灣其它作家中，還未曾見過的。從〈嫁妝一牛車〉到〈我愛瑪琍〉等，他所觸及的題材，那些為了學英文而崇洋媚外到近乎滑稽的情景，依舊如先知般的刻劃出現世台灣的風俗畫。

我一直覺得，王禎和是早夭的天才，如果他能活著繼續寫，台灣文學不會只是今日的風貌。

陳映真未選入，是非常可惜，但因難以取得授權，而毫無辦法的事。一九七〇年代的鄉土文學論戰，他是最主要的理論戰將，雖然他一直謙稱自己不是文學理論家，但現實主義文學理論的提出與對現代主義的批判，卻是以他的學養最為深厚。不僅是理論，他的小說作品如〈夜行貨車〉、〈賀大哥〉、〈萬商帝君〉等系列，開創了描述跨國公司與台灣社會之間，充滿矛盾、愛恨糾結、無奈而又反抗的文學主題。陳映真曾在跨國公司工作，他深刻體會到其中人性的卑微與尊嚴，憤怒與掙扎，那是交織著民族情感與個人情感，利害交關與國族矛盾的故事。台灣小說家之中，也只有陳映真曾描寫過，此後再無人能觸及了。

必須特別致意的是，由於篇幅所限，我們無法盡選當時的所有優秀作家，只能選出有限的作品，我們要特別向未能選入的作家致歉。

⋯⋯

這一個時期的重要性在於：這是文化主體性開始覺醒的關鍵年代。一九七〇年代的文化覺醒，是一種自我認同的追尋，一個自我認同的危機與轉機。台灣文化的主體性因此逐漸成形。包含了鄉土文學、民歌運動、藝術自覺、現實主義、左翼社會運動等，都是其中的一環。加之以中產階級的崛起、大量勞工的出現、農村經濟的沒落、都市的文明興起等等，整個台灣社會結構轉變，到了一九七〇年代後期，出現以黨外雜誌結合政治人物而形成的黨外運動，就不是意外的事了。

此書記錄的，正是這個時代的代表性作家，和他們對自己創作心路歷程的反思。

# 百劫回歸的文學家園——王拓

## 王拓

王拓，一九四四年生，基隆市八斗子人，本名王紘久，國立政治大學文學碩士，美國愛荷華大學國際寫作計劃作家。曾任中學教師、國民大會代表、立法委員、行政院文化建設委員會主任委員等。王拓寫作文類遍及文學評論、文化評論、政治評論、小說、兒童文學，而以小說見長。一九七〇年代開始活躍於文壇，一九七七年參與「鄉土文學論戰」，強調文學與現實生活密切相關。一九七八年有感於知識分子的社會使命，積極參與民主化改革運動，參加《美麗島》雜誌社，創辦《春風》雜誌，一九七九年因「美麗島事件」，繫獄四年餘，獄中完成長篇小說《台北．台北》、《牛肚港的故事》初稿。王拓文學深具現實關懷與社會關照，重要作品有短篇小說集《金水嬸》、《望君早歸》、長篇小說《台北．台北》、《牛肚港的故事》；文學評論集《張愛玲與宋江》、《街巷鼓聲》；兒童故事集《咕咕精與小老頭》等。

# 對話

——王拓×楊渡

楊——今天邀請到的是我三十來年的老朋友，也是文學界的前輩，作家王拓先生。想起我們以前在《人間》雜誌，在地下室看雜誌、審稿，好久了。在臺灣有那麼多立法委員，但是在任上能夠做文化建樹的非常少，王拓老師在那麼短的任期裡做了兩件很重要的事情：一是在鄉土文學二十週年的時候辦了一場很重要的文學回顧。另外就是推動「台灣國際紀錄片雙年展」。就台灣以及國際的紀錄片推廣來講很重要。因為一年是日本的山形紀錄片雙年展，另一年就是臺灣，在亞洲有兩個地方同時辦這麼重要的影展。

王——「台灣國際紀錄片雙年展」當初發想的時候是從亞洲開始。那個時候是東南亞幾個國家在討論要怎樣成為一個國協，正逢我當立法委員，感覺臺灣作為一個亞洲的國家，但是對亞洲發生的大事都好像事不關己，我覺得這是相當嚴重的事情。所以在任內就不斷提出質詢，想引起政府的注意，希望說臺灣重大的政策，或者重大的國際事件，不能只是跟著美國走，應該回頭來看亞洲發生了甚麼？因為畢竟我們也是亞洲國家的一員。當時我講這些好像對牛彈琴，也沒人要理會，後來我就想說，那段時期的金馬獎辦得七零八落，台灣電影非常式微，沒有好的電影，電影的製作也很少。

楊——我記得當時得獎的多是香港電影。

王——那時候我就在新聞局的質詢裡揚言，金馬獎的預算要砍。結果新聞局來請託我說，看你想做甚麼我們會支持。我就說：好啊！我想辦亞洲紀錄片影展。為什麼講亞洲紀錄片影展？因為我想引起台灣政府來注意亞洲的事物，亞洲的人民怎樣來看待他們自己的國家、怎樣看待百姓之間的互動、百姓與土地間的關係，臺灣也一樣，相互交流。原來的發想是如此，後來就發展到國際紀錄片雙年展。那你說到山形，我們也特意到山形去觀摩，發現山形的國際紀錄片影展辦得很成功。所以我回來就想，我們也來辦一個！它辦一年，第二年我們來辦，它是雙年展，我們也是雙年展，變成亞洲每年都有國際紀錄片展，所以我一回來便寫計畫。講到這個特別要肯定國民黨執政時的文化眼光。那時候連戰當行政院長，趙守博當秘書長，我的計畫一推出，趙守博一看到如獲至寶，說這是一個很好的計畫，需要多少錢他去設法。我說兩千萬，他就說我來替你找。然後由文建會成為主辦單位，春風文教基金會承辦，變成國際紀錄片雙年展。那個時候最核心的想法是，希望台灣有更多的人能夠用他們手上的攝影器材來記錄身邊發生的事情。若是越多人會懂得關心身邊發生的事情，從這裡再培養出參與討論的能力，這是一個功能社會重要的基礎。越多人這樣做表示社會功能越穩固。這個國際紀錄片雙年展辦到現在為止，變成文化部官辦的。龍應台當文化部長的時候，一年辦一次。那原來不是官辦的，原來是政府的預算，由春風文教基金會提案，然後承辦。我就請了攝影界的大老張照堂，還有文化界的大老南方朔等等，都是我的老朋友，請他們去組一個台灣國際紀錄片協會，然後由協會真正辦理這樣一個活動。我兩千萬拿來原封不動交給張照堂，張照堂後來找李疾一起做，辦了兩屆，很熱鬧。後來來到民進黨執政的時候說要公開招標。這種東西要如何公開招標？兩年辦一次，沒辦的那一年得跟國際的導演、製片繼續聯絡啊。

楊——得要繼續往來，要知道哪一個導演正在拍什麼片。

王——沒錯！就是說得標的團隊不一定有這樣的國際關係，有這種國際關係的也不一定能得到標。所以到第三屆的時候張照堂就來找我，說我們不要辦了！跟年輕人爭這些一點意義都沒有。後來我說我同意我們不要辦，所以從陳郁秀辦第三屆的時候我們就沒有接了。結果第三、四屆辦的零零落落的，到第五屆的時候主委換人了，我就建議文建會說要不找一個一級單位來主辦，變成官辦，就不會有圖利特定對象的疑慮，才指定由國美館來辦，一直到二〇一四年，再交由國家電影中心籌辦。這個活動真的很有意義，所造成的影響也很大。

楊——對，因為是長期的影響。

王——過去紀錄片有誰要看？現在紀錄片可以在院線放映，要去看要買票。

楊——而且那時候培養出來的風氣，包括後來的《不老騎士》總總這些紀錄片，還影響了大陸。因為台灣這些做紀錄片的年輕人也跑到大陸去做，變成是兩岸年輕人共同的文化，真的很不容易。這是在政治上在立法委員的職務上的您所做的文化建設。但是您一開始是個作家，是否和大家談談您如何成為一個作家的？

**王**——變成一個作家的因素不勝枚舉、錯綜複雜。從我小時候便很會寫作文，很會寫作文跟我的環境有關，因為沒甚麼育樂。我們那裏有一個日據時代的發電廠，裡面有一個小圖書館，是給單身宿舍外地來的員工平時消遣用的，我也不時到那裡讀書，所以從小就讀了很多亂七八糟的書，培養了我後來會寫作的一個原因。另一個很重要的原因是我的一個小學老師黃錦川，在我的小說〈一個年輕的中學教員〉裡有寫過這個老師；在另外一篇小說裡也寫到。黃老師在小學三年級當我們的導師，他就會朗誦徐志摩、朱自清的文章給我們聽。那個時候聽都聽不懂，但是他朗誦時很專注的、很沉溺的那種神情非常吸引我。到六年級的時候他又再度成為我的導師，他批改作文的時候，好的文章會從頭圈到尾，我的文章常常被他從頭圈到尾，然後貼在教室後面成為範本給大家閱讀。這都是我後來會成為一個作家的原因。讀中學時我表現平凡，但有一位國文老師對我也有影響，那位老師很喜歡中午邀我一起在校園裡散步，他就講他以前在南京讀大學的故事，包括風花雪月的故事，這對一個高中生來講，那種氛圍是非常的文學，我經常會想到這些情境，所以這也是我後來會去寫小說地原因之一。我讀大學時雖然讀的是中文系，但對我文學的培養說真的沒甚麼幫助，真正開始去接觸一些現代文學反而是我去花蓮中學教書的時候。在準備去花蓮教書之前，在舊書攤買了很多的《現代文學》跟《文學季刊》帶到花蓮去，就在那裏讀那些書，開始接觸到黃春明、陳映真、王禎和，那時我還想，這個我也會寫，看他們這樣寫我這樣想，但是沒寫。開始會寫是因為我剛到花蓮時，準備是去結婚的，因為我跟我一個同班的女孩子很要好，我們就想約到花蓮結婚，原先準備在那裏結婚，沒想到反而在那裏就分手了。分手很痛苦，所以我說藝術是苦悶的象徵。非常痛苦於是開始胡亂寫，透過筆墨來療傷。

楊——找到一個出口。

王——所以我真正開始坐下來寫小說，是在花蓮中學教書的末期，還不到一九七〇年。我是民國五十六年去花蓮，五十七年離開。所以那時候就開始寫。寫了一陣子也沒有發表。一直到我當兵回來，我的〈吊人樹〉是在花蓮的時候寫的，但是沒有發表，一直到在成淵中學的時候，認識我太太，那時候心想，這個女孩這麼好，我憑甚麼追她？後來我就想我要做兩件事情，一個是去考研究所，贏她，她只有大學畢業。第二個是我要寫小說。我就把我以前在花蓮寫的東西翻出來，重新再改，後來在《純文學》發表〈吊人樹〉。〈吊人樹〉吃了好幾次閉門羹，我最記得其中一次寄給瘂弦的《幼獅文藝》，瘂弦親自給我回了一封信，說這個小說他很喜歡，但是不能發表。為什麼呢？因為我寫了一個老兵跟在地女孩的故事，這是犯忌的，他說《幼獅文藝》不能發表。後來我就寄給林海音，林海音給我回一封信說，我們都已經發排了，臨時抽換一篇把〈吊人樹〉放進去。後來〈吊人樹〉就在那一年入選為年度小說選。這是第一篇，我的處女作。所以我真正寫小說是因為失戀。

楊——有人是因為戀愛開始寫小說。

王——失戀以外後來也跟戀愛有關。後來認識我太太，就覺得想有些部分要勝過她，想說這個女孩這麼好，我憑甚麼呢？我不時笑自己，認識我太太的時候我是窮得連鬼都會怕。

楊——這真的太妙了！因為失戀寫小說又因為戀愛繼續發表小說。但我覺得在您的生命中有起到影響的，都有您的母親跟成長的八斗子的故事。能不能跟我們談談您的母親，我記得您發表過一篇〈母親，偉大的史詩〉。

王——我的母親在八斗子是相當傳奇的人物。因為我們家非常窮，父親是一個非常暴躁、非常蠻橫，會打老婆、小孩的男人，那時候的男人都這樣。我母親不識字，但是她會背千家詩；我父親黃昏時便出海，母親就叫我到雜貨店去打酒，拿個碗，買一杓，回來配花生米。喝一喝她就說起自己的故事，吟詩給我聽。為什麼她不識字但會吟詩？因為我母親的娘家過去很富有，在瑞芳開礦坑，那是暴起暴落的，礦坑若是開完了整個就崩倒。我母親在少女時期，她的爺爺是前清的秀才，會吟詩、家裡有錢、會請人到家裡來飲酒作詩。我母親就會幫爺爺溫酒，溫酒時她會偷喝，所以我母親一直到她去世時都很愛喝酒。

楊——就像古詩裡說的用紅泥小火爐，溫點酒給爺爺喝。

王——她替爺爺溫酒，爺爺便發現到這個小女孩很聰明，就教她吟詩，但沒教識字。所以我母親會用台語吟出千家詩，「雲淡風輕近午天，傍花隨柳過前川，時人不識余心樂，將謂偷閒學少年。」這就是小時候我母親教我朗誦的。用台語朗誦千家詩。我母親是很聰明的女人，也很勤快，我們家六個兄弟，我聽我哥哥說，小學我們分高年級、中年級、低年級，第一名都是我們家的小孩。所以我母親很出名在於她生的孩子都很會讀書。這個事情在鄉下是很了不起的，我家的孩子除了我之外都是第一名。我沒有第一名是為甚麼？我考試都第一名，但是我操性不好，因為調皮搗蛋。那個時候成績是學業成績加上操性成績除以二，所以一除以二我就完了，我就變成十幾名。我母親就是因為她會吟詩、人又善良，她都說老天有眼，是她的口頭禪，慢慢地等我長大以後就受這個影響。無論你做甚麼，最後會想到要做給老天爺看，天曉得的。以我的個性、叛逆性我應該會變壞，但是全是因為母親的這種影響，一直不斷在提醒你，老天有眼，做給老天爺看，所以一生在這方面都對我有影響。第二個，我母親堅持要讓我們讀書，我父親認為孩子讀那麼多書要做甚麼？會記帳就可以了。國小畢業就可以去出海了，要去捕魚貼補家用。但我母親堅持若是孩子能讀就一定要讓他們讀。我能夠去讀中學，也是黃錦川老師到家裡來跟我父母拜託，說你們這個孩子很會念書，我保證他一定考上省中，你們一定要讓他去念。我老爸就是不肯，老媽就一定是要讓我去念。我很幸運，有媽媽的堅持。

楊——您家有六個兄弟，有姊妹嗎？

**王**——有一個姐姐、一個妹妹，從小就送給人家養了。養不起啊，而且女孩子是賠錢貨，嫁出去就是別人家的，所以從小就送給別人家養，留在家裡的都男生。我母親堅持讓我受教育這是很幸運的事。另外一個就是我的三哥。因為我考上初中那年剛好父親過世，後來由三哥挑起家裡的重擔，我讀中學是靠三哥提供學費的。

楊——你講這個故事使我想起高爾基的小說〈母親〉。高爾基的父親也是，就是在很艱難的生活裡，又沒有出路，所以回家就喝酒、打老婆、打小孩，其實母性好像都能了解那個很艱難的命運。

王——我坐牢出來的那一年，前半年我的母親過世，過世時我還在牢裡。後來母親過世十年時我在基隆打拼，那時候很辛苦，都睡地板，就是選舉選的拋妻棄子，把家丟給老婆照顧，孩子也都不管了。那時母親節的前夕，中國時報副刊主編打了一個電話給我，他說，能不能請你寫一篇紀念母親的文章？那時剛好是我的母親逝世十周年，我自己深有所感，所以就寫了一篇〈母親，偉大的史詩〉。我會寫這篇散文除了因為中國時報的副刊邀稿，另一方面也是因為我們家在母親在的時候，話題經常是圍繞著阿嬤。我母親是個很豁達的女人，雖然很貧窮，但是她很慷慨，心胸很廣。遇到我太太也很好，她若是電力公司有加班費，就會多給我媽媽零用錢。她多拿了零用錢之後，就會主動說，今天我來替大家加菜，她就去市場切一些豬皮有的沒的，回來我就陪她喝酒。後來我坐牢出來，媽媽過世了，我們家每次吃晚餐時、或者過年家庭聚會的時候，話題都圍繞著阿嬤，我們家有這樣一個傳統。我的兒女會都主動說起阿嬤在的時候是如何如何，我太太也會說，我也會說很多阿嬤的故事給大家聽。其實我這篇〈母親，偉大的史詩〉裡的故事都是曾經講給兒女們聽過的，是我小時候媽媽的故事。所以我現在就來朗誦這篇文章。

（王拓朗誦〈母親，偉大的史詩〉）

楊——過去台灣社會，比如我自己寫《水田裡的媽媽》的時候，也是記錄在這個轉型的過程中，男人都在外打拼，家裡都靠母親在維持，就慢慢把這個家轉型過來。我記得就您個人來講，在開始寫作以後，也開始經歷台灣整個社會的風暴，寫作不久就碰上了台灣鄉土文學論戰，我記得當時您是提筆上陣。那時候您自己文學上的理論、素養是從何而來的？您覺得寫作跟您的社會實踐是種甚麼樣的關係？我覺得是很有意思的變化。

**王**——像〈吊人樹〉其實是比較被學院派喜歡的，因為比較講究學院派喜歡的那些文學技巧，氣氛的烘托、象徵的意義等等。但是我骨子裡，可能因為是近海人，以及貧窮的生活背景有關，我想這種文學作品若是給母親看，母親不會感動，給我那些鄉下鄰居看也看不懂。所以我想我寫這些做甚麼？我覺得我有能力寫東西，當然要替那些沒辦法出聲的人發聲，這是我最基本的文學主張。所以後來會去從政也有它的必然性。我的文學的主張是如此，就是為了要改善這個社會現實的環境，要為沒有能力發聲的人來發聲。所以很自然的，我的文學主張就是我的政治實踐。

楊——如果您的政治實踐可以更直接的幫助一些人的話。

王——走了一陣子之後再重新回來看的話，文學已不是我早期想的那樣而已。文學不是只有反映現實、替窮人出聲而已，文學還有相當多不同的種類。那些不同種類的文學也是值得保留、值得鼓勵的。所以我現在在寫的東西當然是反映我人生某一個最重要的階段的歷史現實，雖然是反映這個，但寫作的過程並沒有想到說替甚麼人出聲，寫作的過程就是enjoy myself，就這樣，我寫了我自己舒服，我自己快樂，我自己有交代。

楊——這是最近這一段時期您的寫作。

王——對。我退休之後就說要來寫作，楊青矗遇到我便說，你至少三年內會寫不出東西，一定要三年後才寫得出東西。結果被他說中。我退休的前三年，一個字都寫不出來。

楊——從哪一年開始算起？

王——二〇〇八年的年底。二〇〇八年的五月去接蔡英文的秘書長。

楊——那時候恰恰是民進黨到了谷底沒有人要的時候。我一定要講，王拓先生本質上是一個浪漫的理想主義者，即是在艱難、別人都不要的時候，他才會跳下去的那種人。那時候內閣已經沒有人想要進去，他接了最後一任的文建會主委，希望還能做一點點甚麼事情。我說這種個性真的很了不起。

王——我是二〇〇八年的五月二十日從文建會的主委卸任，然後前一天我接到蔡英文的電話，說希望我去幫她，做她的秘書長。我一下就拒絕，我說又不是瘋了，退休了還做妳的秘書長，馬上在電話裡就拒絕她。後來回到家之後，我跟我太太講起這件事，我太太說，你為什麼拒絕？這個人值得你去幫忙她。我問說為什麼？她說，看光她這個勇氣就值得去幫忙。那時候民進黨還負債累累，所以我宣布不拿一毛錢薪水，然後開始節流。因為很多人當秘書長、主席時，都帶了很多人進去，走了以後人就留在黨部，所以有很多冗員在裡面，這種斷人頭路、得罪人的工作是沒有人要做的，我來做。那時候還沒辦法開源，所以先節流。第一個把我媳婦砍掉，我媳婦在中央黨部組織部，我把她找來，我說，妳回家帶孩子，明天就不要來上班了。然後組織部的主任來跟我報告說：秘書長，你媳婦表現很好，不在我們要砍掉的名單裡。我說，不行，她一定要回家。如果我不先砍掉她的話，我後面的事情很難辦，這樣我要砍別人不行，人家會講話，所以先把我的媳婦fire掉，我說妳回家帶孩子吧！我很感謝我媳婦，她很配合。

楊——她很了解你。

王——反正公公這樣講了，而且她也認為為了要讓公公有一個更大的揮灑空間，所以她就回去了。我在秘書長任內所有人家最不願意做的都做了，離開時無怨無悔，也沒有人對我有甚麼批評。只有一件事情，我設計讓阿扁自動退黨，這是我一手設計的。

楊——但是要救一個黨得要這樣。實際上就台灣長遠的民主政治發展來講，如果沒有一個健康的在野黨，對台灣的政治發展不是好事。所以等於是把它拉回來讓台灣可以繼續往前走。

王——我自己性格的這一面，講起來當然可愛，但就現實的政治來講，是很笨的，不是那麼適合搞政治。

楊——退休三年之後果然開始寫了，現在在寫甚麼？

王——前三年我真的一個字都寫不出來。那段時間我非常苦悶，發現人生的意義完全沒有了，很怕去自殺，所以每天大量閱讀，經由閱讀來紓解人生意義失落的沮喪跟憂鬱。我太太去上班，早上起來就見我坐在那裏看書，下班回來又見我仍坐在那裏看書。她問，你今天閱讀時間多少？我說，十二個小時。她說，讀甚麼？我說過去讀過的重新讀一遍。這樣搞了三年，後來才開始寫出東西來。我現在寫甚麼？我現在為了告別我過去的年代，所以必須寫我過去要告別的故事，沒有寫完就不能say goodbye。

楊——為了告別的寫作。寫多少了現在？

王——我的第一個長篇已經寫完了，也請人打字打完了，大概有三十五萬字。這是第一部。第二本已經寫了差不多有十萬字，第七章已寫完，大概還要再寫個五章，第二部就寫完了。第三部怎麼寫大概也都想好了。這三部曲寫完之後就可以開始寫一些立法院的風花雪月。譬如說我跟羅福助的關係，這很多故事很有趣。

楊——是啊，在政治也好、現實也好，裡面更細緻的人性才是會長久的。

王——包括我跟洪秀柱的關係。真的，很多故事。因為都競爭互動過。不過有件事情我一直在強調，搞政治的人不要以為自己最聰明，天下沒有傻瓜，搞甚麼事情人家早晚都要發現的。所以就這點來說，我很佩服蔡英文，真的，到現在為止她讓我覺得前後一致。

楊——她在最艱難的時候去接這個事情，這是真的很不容易。我想問您最後一個問題，當您在堅持寫作的時候，怎麼回頭去看寫作跟政治的關係？

王——當時我開始要去從政的時候，我老婆說，那你的文學怎麼辦？才剛開始有一點成就出來，怎麼就放棄了？我就跟我太太說，妳放心，政治裡有很複雜的人性，人性就是文學最重要的素材。我去搞政治，不管成功或者失敗，這個都會變成我寫作的題材，會更豐富我文學的內涵，這是我的解釋。我說，最後我一定會回到文學。她說，好，那你去搞吧。我太太真的這樣說。現在重新回頭寫小說，我真的認為，如果沒有後面這一段政治的經歷，寫不出現在正在寫的這些東西，台灣的文學就缺了一塊了。

**楊**——太好了，尤里西斯去特洛伊打仗打了十年，之後又再流浪了十年才回歸家鄉，還不錯，您走了三年就回到文學的家鄉，恭喜。

**王**——我在立法委員任內也寫了一些小說，也在報上發表了幾篇。

**楊**——但似乎您自己並不滿意。

**王**——有一些。

**楊**——不過能夠這樣回到文學的家鄉我覺得是很難得的。

**王**——是，好不好現在不是我考慮的範圍。寫的好或不好，那是評論家的事情，我的事情就是把它寫出來。

楊——留給後人評說。太好了，謝謝王拓先生。

# 百劫回歸的文學家園——王拓

楊渡

王拓的生命是奇特的。他從文學出發，在鄉土文學論戰之後，走向雜誌編輯與寫作。參與過《夏潮》雜誌，創辦《春風》雜誌，在黨外運動興起之時，投身政治。終因美麗島事件而入獄。

我和他結識於《人間》雜誌時期。他從美麗島事件的政治牢房出來，投入生意，在陳映真的召喚下，至《人間》雜誌工作，帶領許多年輕人一起，見證了一九八〇年代的社會運動。老兵返鄉運動之時，他帶著老兵首度返鄉，見證歷史性的一瞬。然而他終究無法忘情於政治，投入民進黨參與選舉，成為立法委員，為文化界做了不少事，並擔任過短暫的文建會主委，但他的文學創作因此停頓了，殊為可惜。

王拓是鄉土文學作家中，唯一以漁民漁村為主體而寫作者，他筆下的生命雖然弱小悲苦，卻從未放棄希望，並且底氣十足的堅持著自己的奮鬥。

這兩年來他回歸文學家園，開始新一輪的創作。聽說他落筆寫下三部曲大河小說，但願小說早日完稿面世，讓我們得見百劫回歸的那個關懷人間生民的作家。

附記：此書出版前夕，忽聞王拓於八月九日清晨因心肌梗塞病逝。還記得在「為台灣文學朗讀」的訪問後，我們還相約夜聚，喝一杯小酒，談及他的長篇新作，仍興奮不已。斯人遠去，他動情朗讀的聲音，也已成為絕響。唯願他的新作已成，早日出版，讓他文學之心，永留人間。

# 王拓散文選

# 母親，偉大的史詩

走進陰森灰黯的巷道，只見盡頭一團黑色的背影，弓彎著，似乎很賣力地在搓洗著什麼。「啊……是母親嗎？」我快走兩步忘情地叫著：「阿母……」

小時候，我是個很頑皮的孩子，有一次，我在廁所牆壁上寫「老師愛女生」，被陳明蕃老師逮到了。他把母親請了來，當著母親面前，把我按在大腿上，用木板狠狠打了我一頓屁股，打得我哀哭號叫，直嚷「阿母啊！阿母啊！」但是母親站在旁邊，卻大聲說：

「這個孩子不乖，不乖，老師啊，你打給伊死，沒關係，打給伊死……」

我猛一抬頭，卻看到母親，眼淚早已流滿一臉。

這個情景一直深深烙在我心靈深處。但是，我卻要當了人父以後才明白，原來母親愛我有多深！

我們家一直都很窮，我的便當，經常都是幾片「菜脯」加上一條鹹魚。我實在是吃膩、吃怕了。有一天早晨上學時，拿起便當蓋，一看又是菜脯鹹魚，我忍不住就滿腹委屈地抱怨起來。

「又是菜脯鹹魚，菜脯鹹魚！我不要帶了！」

母親望著我，半命令地說：「菜不好也要帶！不然，你要餓死嗎？」然後，拿起便當盒就要往我書包塞。

我掙脫了母親的手，瘋了似的嚷著：「我不要讀書啦！不要讀了！」

「你這個孩子，你這個孩子……」

母親臉色白蒼蒼的，兩眼含著淚水，竟嗚咽地哭了。

直到長到很大以後，回想起這一幕，我才痛苦地發現，我是多麼殘酷地傷害著母親的心啊！

大學三年級的寒假，我已經忘了究竟是為什麼原因，竟沒有回基隆的兄嫂家和母親過年。但是，在初五那一天，當我從圖書館走向潮州街的住處，走進旁邊陰森灰暗的巷道時，只見巷道盡頭，一團黑色的背影，弓彎著，似乎很賣力地在搓洗著什麼。我心裡猛一跳，一陣熱血隨即湧上腦門。

「啊……是母親嗎？」我快走兩步，忘情地叫著：「阿母……」

母親抬頭望我一眼，邊繼續搓洗著，邊嘮嘮叨叨地數落我，「你這個孩子，都不會照顧自己。這個被單，幾年沒洗了？黑墨墨……」

那天吃過晚飯，街上已經很灰黯了，還下著一點小雨，我陪母親走向車站。

「都這麼大了，還這麼不會照顧自己。瘦成這樣，吃不像吃，住也不像住……」

母親沿路說著，忍不住，竟哭了。我心裡慌慌的，拉拉母親的衣袖，勸著：

「阿母，不要這樣啦，我會照顧自己啦。」

這時，只見母親撈起衣襟，一件又一件地翻，最後才從最底裡的衣袋掏出個紙包，外面包著一層報紙，解開，赫然是我平時寄給她的郵局現金信封。

「這些錢，都是你平時寄給阿母的，阿母捨不得用。」母親把信封塞進我衣袋說：「你拿著，放在身邊，買一點營養的。書要打拼讀，身體也要照顧。阿爸死得早，從小沒人照顧你……」

「阿母，不要這樣啦，」我推拒著，心裡像被什麼給哽住了，「我每個月都有家教，還有學校的公費……」

「傻孩子，阿母老了，你阿爸生前欠人的債，也還清了，阿母要錢有什麼用？你還在長大，最需要營養，阿母又不能在你身邊……」

送母親坐上回基隆的火車，我獨自走回潮州街的住處。沿路，我想忍都忍不住，眼淚像雨水般涓涓地流了一臉。

母親過世已經十年了，但是，母親留在我心底的諸多這一類的記憶，卻成為我與妻子兒女們經常的話題。如果，每一個家庭都有所謂的「家庭文化」的話，那麼，母親一生留給我們這一類無數的往事與回憶，便是我們家庭最值得珍惜和懷念的偉大史詩了。

——一九九三年母親節前夕寫於八斗子

# 他的筆，比雕刻刀還利——王禎和

## 王禎和

王禎和，台灣花蓮人，一九四〇年生，台灣大學外文系畢業，曾應邀參加愛荷華大學國際作家工作坊。早年以短篇小說名世，結構嚴謹，對話俏皮，於嘲諷中蘊涵悲憫情懷。因創作態度認真，產量無多，然篇篇精品，故為世所重。他一生寫了二十篇小說，短篇有〈鬼、北風、人〉、〈嫁妝一牛車〉、〈素蘭小姐要出嫁〉、〈老鼠捧茶請人客〉等十七篇，中篇有〈人生歌王〉，長篇作品有《美人圖》、《玫瑰玫瑰我愛你》兩篇。運用前衛的西方技巧和中文傳統根底思考台灣鄉土的前景，並創造出質優且道地的台灣文學，葉石濤稱讚他：「在四十年來的台灣文學獨樹一幟」。作品並有英、日、德文翻譯本。

# 對話

——尉天驄×楊佳嫻

楊——各位聽眾朋友大家好，這裏是「為台灣文學朗讀」的節目，我是主持人楊佳嫻。在這一集裡我們所要談的是小說家王禎和。我們通常會請到作家本人，但是因為王禎和先生英年早逝，我們今天請到的是他的好朋友——尉天驄老師，來跟我們談一談王禎和的人，還有王禎和的作品。先請問老師您跟王禎和是怎麼認識的？

尉——我認得王禎和比較晚一點，他第一篇小說〈鬼．北風．人〉發表在《現代文學》，那時候我並不認識他。後來他畢業後到台南航空公司做事，跟姚一葦先生常常通信。後來我辦《文學季刊》，我們那個時候只要有朋友寫得好的，就盡量去找。姚先生就抓王禎和來寫，王禎和就寄了一篇稿子，叫做〈來這一杯酒〉，這個作品寄來以後，他就從台南調到台北國泰航空公司，所以我們就經常在明星咖啡館見面，就這樣認識。這一篇寫得非常好，後來再來了一篇，叫做〈嫁妝一牛車〉，大概是最早把台語、國語混合在一起的。王禎和有一個特性，他說一種語言，把國語、台語、英語加在一起，他並不是要特別強調地方特色，主要是受小說家亨利．詹姆斯(Henry James)的影響，他認為語言本身，語言怎麼講、語言的調子代表一個人的性格。如果你叫一個老太太講的都是國語，就像我們用純正的北京話來講一個台灣本地的一個電視劇的話，總是有一點不大真實。而且他這個語言混了以後，可以有一種美感出來。所以他那個時候就用很多方法，想把他住的花蓮這個地方，每個小人物，他們那種心情怎麼表達出來。於是寫來寫去就寫出〈嫁妝一牛車〉那種語言，當然在當時大家很稀奇。我記得這個作品發表的時候，我、七等生、黃春明等四、五個人在校對，校對了好多字都不對，一邊唸，七等生用台語唸，旁邊用國語對，結果發表以後，王禎和還是不滿意，他生氣，你給我對錯這麼多地方！

楊——你們那個時候是以為他寫錯改了是嗎？

尉——王禎和的作品你要得一個字一個字體會，懂他的意思就懂，我們沒有完全懂，就以為他這個字錯了就把它改了。姚先生就說：你不能這樣，要注意喔！禎和的語言在創造一種新的語言意圖。於是我們再重新校對，把這作品到第四期重新發表，重登一次表示歉意。

楊——那真是對作家及作品很尊重。

尉——很尊重。因為禎和講的語言的韻很特殊。比如我們聊天的時候，禎和這個人講話是笑咪咪的，不像陳映真、黃春明笑的哈哈哈的，他笑了半天，有一點在笑但又很矜持，但是不是大笑。比如我們在說某一個人，我們看報紙，罵一個黨國要人，說這個傢伙，他就會講，那個人家，只有一「支」之長。我說禎和啊！台大不能這麼差吧！是一「技」之長。他臉拉的老長的，說一支之長。我說你胡說，不然你查字典嘛！一技之長嘛！他堅持：一支之長！等我們再體會，懂了！他表示那個大人物只有那「一支之長」。還有比如說我們講一個人四顧茫然，他就常常把茫然的「茫」跟瞎子那個「盲」混在一起，我說你幹甚麼？他說你不懂，那個「茫然」還不嚴重，這個「盲然」表示他心都盲了。他有時候那種語言，你去體會的時候，有時甚至說一點黃色笑話，特別有意思，他不做聲但味道出來了。

楊——所以他的趣味都是表現在他的語言裡面。

尉——他非常喜歡一個日本導演小津安二郎，他稱他為作家。他說你看小津安二郎一句話就是個特色。比如說，大戰以後人出於環境的無奈，人家跟他講話問：「怎麼樣？」他每一句都是：「這樣啊！這樣啊！」這種無奈的味道出來了，這個「這樣啊！」裡面有語言的感情，有無奈，有很多東西，他說要注意這些地方。所以王禎和寫小說特別注意這些地方。

尉——王禎和有個個性，他是像女孩子一樣，衣服很乾淨。我有一次對他開玩笑說，據說你在花蓮中學教書，每天中間下課的時候聽說還回家打扮一番、擦點粉。他說：哪有這回事？但其實他就是有點女性的味道，觀察人非常細膩。所以那個時候，張愛玲到台灣來，那個時候他大一、大二吧。

楊——那是一九六一年的時候。

尉——張愛玲希望說能夠看到不是台北市的台灣。大家就說，找禎和啊！尤其台大那些大都是都市人。她就到花蓮，住到王禎和家。王禎和他打通鋪，日本式的房子。禎和的媽媽很漂亮，早上就梳頭髮，對著鏡子慢慢的、細細的，張愛玲就看著王禎和的媽媽怎麼梳妝，王禎和就看張愛玲怎麼梳妝。這我們沒這個功夫，他這每一個動作、每一個手姿怎麼擺，他很懂。更重要的是他的作品裡面，把花蓮那些小人物，他們有他們的文化，很窮，他不是願意窮，也不願意要這樣做，比如〈嫁妝一牛車〉，或者〈來這一杯酒〉，那些小市民，並不是這個女人要找兩個男人，並沒有這個意思。那種生活沒有辦法，這裡面的東西你讀了以後不會說，這女的怎麼這樣？而是會覺得，那種同情、那種悲涼的東西，王禎和在這方面體會的非常非常細。尤其在花蓮那個地方，他把東部那些人，比如他們互相罵人的那些話，他把它們抓得很穩。所以我認為六〇年代到七〇年代中間，王禎和的小說是非常細緻的代表。所以他對張愛玲非常喜歡，張愛玲也很喜歡他的作品。

楊——我記得王禎和後來有寫一篇回憶跟張愛玲在花蓮相處的文章。他好像說張愛玲看起來其實非常年輕，雖然當時張愛玲已經中年，然後他騎腳踏車載張愛玲去逛花蓮市，路上遇到鄰居，鄰居就說：那是你女朋友嗎？他內心就非常高興！我覺得那篇特別可愛。但是王禎和的作品是不是前後有一個題材的轉變，就是說他早年寫的東西是以花蓮的小人物為主，比較常寫家鄉。但後來就比較常寫台北的東西。

**尉**——王禎和是這樣，大概從〈小林來台北〉以後，因為他自己家庭的背景，他對小人物的節奏，我記得他〈嫁妝一牛車〉引用的一句話，「即使修伯特也有無言以對的時候。」這句話甚麼意思？每個人都有他心裡的苦，無法說出來的。甚至於懂不懂，要看你閱讀的人。所以我們讀他的作品，也許我們也就帶過了，例如像《嫁妝一牛車》後來拍成電影，大家笑一笑。可是他透過小說，把那種蒼涼，每個人都有每個人的蒼涼，那女的也蒼涼、男的也不得已，從監牢關出來，也只有忍耐，每天喝那一瓶酒。我常常想，如果讀王禎和的小說配樂的話，配上陳達的月琴彈奏〈思想起〉，那種人生的無奈，女的無奈、兩個男的也無奈、小孩也無奈，整個作品都無奈。

**尉**——王禎和生活在花蓮，有點像〈兩隻老虎〉；他也有小說寫和平，叫〈五月十三街〉。他不大表現，讀書很用功。所以他讀英文的時候細緻的不得了，甚至他用字母拼，這兩個字為甚麼這麼拼、那麼拼，他不作聲、不講話，但是他每個東西都體會。甚至於他看黃色的東西看得特別細緻，所以我們有一次開玩笑說：禎和，奇怪了，怎麼甚麼治性無能的藥你都背的很詳細？你是不是在家偷偷看的？他太太說：不是啊，他看甚麼都跟看聖經一樣。他是不外露的，但從中間去體會語言、文字。他難道是瞧不起花蓮嗎？不是，他太愛這個地方，他關心。王禎和非常愛他媽媽，媽媽也愛他，從來沒有怨過他媽媽，對鄰居也都這樣，但是到台北來以後，個性看不慣。他頭先是到台南亞洲航空公司，然後進入台北國泰，最後進入台視。有一次我跟他開玩笑，我說，禎和啊！你艷福不淺，在台視天天看到這麼多漂亮女孩子。他說：哪天我帶你去看，到後台去看，你就知道表面漂亮，裡面骯髒下流。還有他憤怒，他看出外國航空公司那些人很虛假的這些東西。所以他對於兩個東西，一個落後的花蓮，他對它有感情，感到裡面很多的無奈，而且也知道要變了。他曉得台灣的鄉土，從西部先開發，到了六〇年代就開始從宜蘭，慢慢往東部開發。所以我們看到這些當年這個時期的小說家，黃春明寫宜蘭要開發了，七等生寫通霄也開發了，都是這樣。所以他曉得這個地方要變，他最後一篇作品叫做《大車拚》，《大車拚》在他最後完成的時候很匆忙，不曉得人是不是有預感，他拼命的趕快把它趕完。小鎮的交通開發了現代化了，現代化很好啊，但現代化來了以後一切都壞了。他寫〈秀蘭要出嫁〉那些作品，開始這小小的花蓮，慢慢的也有馬殺雞了，那個時候講馬殺雞很奇怪，現在也就不稀奇了。這樣慢慢的變。所以《大車拼》就是在問，這到底是好是壞？

楊——所以他就是對現代文明進入鄉村或小市鎮，對原來的純樸的改變相當敏感。

**尉**——他的作品我感覺有一點像美國的小說家威廉・福克納，寫黑人那種亂倫、那種無奈。

楊——威廉・福克納也是執著於寫同一個地方，跟王禎和一樣。

**尉**——他有這個東西。後期的作品到了都市以後，是忍受不了了。所以他寫〈小林到台北〉，幾乎他的言語在憤怒了。

楊——在〈小林到台北〉裡面，他幾乎是通過小林這個人物所承受的工作壓力，好像把整個都市的罪惡都貫徹到那上面去了。

**尉**——因為王禎和本人台大外文系畢業，成績非常好，本來要出國的，留下來。他在台視可說是個書呆子，在那種傳播事業很發瘋、很熱鬧的地方，替人家做翻譯。

楊——所以他後來也寫了不少與電影有關的作品。

**尉**——他就在那工作，就看就翻，台視的人也不大看中他，後來人家才知道，我們台視有一個小說家王禎和。他在台視時誰也不知道。甚至於還靠他的好朋友，也是寫小說的舒凡保護他，因為舒凡在台視地位比較高。所以王禎和不能適應台視、國泰、都市這些東西，跟他的小說是兩個世界。

楊——所以他等於就是說在一個他自己很不喜歡的世界裡工作。

**尉**——他是一個非常規矩的人，準時上班、生活刻苦。有一次他請我吃飯，繞了幾圈，繞了半天，我說幹嘛？他為了省幾個錢要找最小的小館子，不像黃春明，黃春明海派，王禎和是這樣很規矩的個性。他寫東西也是這樣，他寫東西要先畫圖。這小說這裡發展，第一部碰到誰，第二部講到那裏甚麼場景，第三部這個人又怎樣，畫一下。我跟他開玩笑說：禎和，你實在是入錯行了，你應該學建築。

**楊**——如此注重結構。

**尉**——有點像英國小說家哈代，哈代就搞建築的。他那個本子紅筆、藍筆、綠筆，這裡要改甚麼、那裡應該故意把這個語言扭曲一下，表達個性。

**楊**——所以這些其實都在他寫作的計畫裡面？

**尉**——他很費腦子的。而且這個人甚麼都吸收，他自己說他看張翠鳳的大鼓，看的津津有味。他說張翠鳳的大鼓一唱，怎麼開始，啊！磅磅磅！小說有時開篇的時候也不妨學學。

**楊**——所以他對傳統藝術也感興趣？

**尉**——有興趣，而且看京戲，也非常有興趣。有一次我帶他去看四川戲，四川戲有個特色，叫做幫腔，大家都一起唱，唱到興奮的時候，敲鑼打鼓的人，那些樂器隊，還有很熟的聽眾都在旁邊幫腔。舉個例子，王魁與穆桂英，最後她要殺王魁。王魁跑跑跑，她殺殺殺，但有夫妻感情殺不下去，這時候幫腔的人怎麼唱呢？幫腔的人就覺得看不過眼，就說：殺！殺！殺！這時候妳不要放手啊！還有呢，王魁要自殺了，在禱告，說我現在對父母不能報答，希望來生報答，說我希望來生如何……。幫腔就開始唱：「來生啊！來生啊！來生你還是個女巡查、女巡查、女巡查，來生你還是個女巡查！」甚麼意思？我們女人來生還是被你們男人欺負。

楊——所以台上台下打成一片。

**尉**——我帶王禎和去聽，他這一看說，希臘的悲劇也都這樣，所以王禎和對於戲劇、電影很厲害。他的死老實說不是癌症死的，是累死的。他每天工作累了他就看電影，有時偷一天他就連看三場電影，看完電影第二天一清早起來趕快上班。到中午要去拿他的便當，到奚淞家拿個便當出來，走到奚淞家樓上，到那裏就死掉了。他對電影、戲劇很狂熱。所以他常常把這些都融在一起，所以最後寫《大車拚》，是用戲劇的方式對話。

楊——很多時候形式雖然是喜劇的，但我覺得他的內裡常常是表達一種悲劇的內涵。

**尉**——他非常悲劇的。你看他笑的時候，就笑一笑。他不會像我們這樣笑，或乾發脾氣罵一頓。沒有。改天到台北見嘛！就這樣。他是悲憫的笑紋，所以我寫他叫做「悲憫的笑紋」，就是他這個個性。

楊——我覺得如果聽眾朋友對王禎和感興趣的話，一定都是會看到〈嫁妝一牛車〉，是他最經典的小說。〈嫁妝一牛車〉在看的過程中實在是不知道要哭還是要笑。

**尉——對對對，我們跟他一起吃飯故意逗他，禎和，來！吃一頓好的。小說第一句不就是，吃一頓好的嗎？我們跟他說，他就笑一笑，笑得很不自然。**

楊——所以我就覺得說，有些時候這種也許有喜劇的外表但是有悲劇的內涵，也許更靠近人生。我記得就像王禎和喜歡的小津安二郎，以前也講過，如果高興的時候就開懷大笑，哭的時候就淚流滿面，他說這是上野公園的猴子才這樣，他說人類其實是，能夠把情緒隱藏起來的。很多時候如果你高興的時候，可能那個環境、那種人際關係，是沒辦法把高興表達出來的。

**尉——有人有時候很難過、很痛苦，他反而不哭。別人不了解以為這個人怎麼都沒有感情，就呆呆的。他是這一種，王禎和就屬於這一型。**

楊——像卡繆的《異鄉人》寫的差不多也是這種情況。

楊——我覺得他的性格跟小說呈現出來的有一點不一樣。但仔細想起來又有一些共通的東西。王禎和有一個小說常常被大家討論，就是《美人圖》。我覺得《美人圖》他處理吧女的這個題材。其實當時應該其他小說家也都有寫過這一類的東西。

**尉**——這個東西是他在寫鄉土寫到花蓮，然後到台北寫對社會這種剖析，寫〈小林到台北〉、〈素蘭要出嫁〉，慢慢的過渡。這個作品在《美人圖》前，在中間，又有小地方的人到台北以後，壓不住的那個感覺。他自己的感覺是沉不住氣啊，應該要沉住氣，冷靜的，就像他寫花蓮那樣。他一個鄉下人跑到台北，看不慣啊！他有時會這樣。我們手頭都有他的信，他到美國去看到很多作家，信都不能公布，有時他把那些作家罵得一蹋糊塗。他有他憤怒的時候。

**楊**——有時候也許是在現實人生裡那個情緒沒有那麼強烈，但是反而在小說裡面可以看到他比較強烈的情緒。我覺得在讀《美人圖》的時候，當然也可以感覺到作者的憤怒，但他在寫的時候還是讓它以一種喜劇、甚至像鬧劇的方式呈現出來。

**尉**——包括〈小林到台北〉都有這個。他也許有一點構想，想把這些東西搬上舞台。搬上舞台要笑啊、鬧啊、諷刺啊這些東西。他〈小林到台北〉把人的名字起叫做屁股，英文裡面那個Good，故意起個怪名，姚先生就跟他說，禎和，不要這樣太過分了。

**楊**——就連姚一葦先生都受不了。

尉——姚先生說不要講到這樣。我寫到楊佳嫻，故意給妳改三個字，狗言嫻，那妳說說？他就是這樣。他有時候在航空公司、在台視看不慣就這樣，就沉不住氣。所以有時我們就要笑他。

楊——同樣寫對都會系列的憤怒，我覺得像陳映真先生寫「華盛頓大廈」系列，我覺得他的調子就是比較重，非常重。

尉——因為映真的小說寫到後來的「華盛頓大廈」系列，事實上已經是他的意識形態在領導他寫作。他寫一個跨國公司如何如何的，已經給他定頻了，並沒有細進去寫。他是另外一種筆調，「華盛頓大樓」完全是如此，到後來更是如此。

楊——我覺得王禎和同樣是在抨擊這個都市文明，他看不慣的地方，但就完全是另外一種筆法。

尉——陳映真完全是有一種他的社會主義的構想，他已經有一個明顯的意識形態。

楊——相較之下，王禎和在寫這一類題材的時候，更看重的也許是對語言本身的注重、文體的部分，還有那種戲劇的感覺。我想就是這些使得他跟同代的小說家不太一樣的重要性。

**尉**——禎和死得太早，他都沒有完成這個小說，只寫了一段。然後就印出來一點點。一開筆很好的啊，氣派很大！他想慢慢地做短篇，這個都市，再回看，前後你曉得，當初是王禎和從花蓮長大然後到台北來，台北然後再回去，這中間的過程，剛好是台灣三十年的成長。台灣三十年的成長有好有壞，有很多東西，他想把這個弄在一起。這個題材大吧！如果他不死，我相信他會寫得出來，因為他太用功了。而且他沒有外務。他真的每天在想，而且他很多都觀察很深刻。可惜四十九歲就走了。

楊——老師您的觀察覺得王禎和這種寫小說的方式、這種小說美學，對台灣文壇後來有影響嗎？

**尉**——有影響，但是我覺得不夠。為什麼不夠？因為畢竟王禎和的小城小鎮，尤其他個人的生命札的很深，你看他寫〈來春姨悲秋〉，每一個小動作，那個老頭的無奈，被他拋出吃飯不回來了，媳婦怎麼樣的每個小動作都寫得很細緻。沒有經歷過寫不出來，他對小鎮了解的很深。現在我們寫鄉土的很多人，大部分都在都市長大的，而現在鄉村也已經都市化了，寫那些東西就不夠了，差這個距離。所以我們以前很多小說，有的甚至於是鄉村都市化的描寫，把都市人的眼光寫鄉村，寫點亂倫、寫點甚麼，這些東西絕對不是用道德觀念來講的，都可以寫。但是你沒有了解到那裏面的辛酸、那裏面的無奈、很多東西，你只是拿一個東西，好奇，好像都市傳奇一樣，都市人看鄉下，鄉下人看都市，不夠深刻。

楊——王禎和寫花蓮的那種深刻跟細緻度，有點像張愛玲說寫作，她說：寫作應該是你在一個地方老老實實的生活，然後受到生活空氣的浸潤，你想寫你就會把它寫出來。我覺得王禎和就是典型的這種方式。

尉——妳提到張愛玲，中國尤其上海的租借地，從一八四〇年鴉片戰爭、一八四二年訂江寧條約，開始有租借地。大家要想一個問題，租借地開始發展以後，這是一個很特殊的都市。外國人住在這裡你不能管，它是等於是外國的地方。法租界裡有法國書店、咖啡館這一些東西。張愛玲是那個時候從那裏長大的，她在那個世界裡，警察是外國警察，吃飯也是這樣的。中國最有動亂，到處打人，與她無關。她在租借地裡讀小學、讀中學，所以她寫的那些人，假若我們這樣講，張愛玲寫小說，對中國的近代史好像又距離很遠，不能那樣說。因為她在租借地長大，是一個單獨的世界，那個世界那些人，都是在銀行裏面、在海關做事，經濟情況很好，大概每一家都有兩、三個老婆，那是很普遍的，在當時的上海，妳看鴛鴦蝴蝶派的小說都是如此。所以她寫〈第一香爐〉寫得非常真實。張愛玲跳出這個以後，她寫《秧歌》。最可惜的是她的〈傾城之戀〉，那個題材是大題材，即使韓戰這樣，很多人還是要回去，這是一個文化的東西，我再苦一定要回去，如何如何。但是她這個完全是認知上的解釋，她不熟悉韓戰那種戰場、中國農村裡的破碎，她沒有。她筆法還是好，但是柯靈就說她這個不夠，而且她寫農村的鬥爭，她不了解。柯靈那句話講得很含蓄，中國農村共產黨鬥爭的多慘啊，張愛玲寫那個太輕鬆了。所以一個人的作品要她熟悉的，所以妳在租借地，沒有人能寫，郁達夫寫幾篇租借地寫得非常好，寫過去那些，但他寫不過張愛玲。

楊——就像是寫花蓮，現在大家也很難，因為如果是以一種觀光客的身分去花蓮再回來寫的，沒有辦法跟王禎和或楊牧來相比，他們真的是那裏長大的。

**尉**——我覺得楊牧跟王禎和兩個很不一樣。楊牧是已經洋化了以後回去，他看那個山水甚麼的，而且很多葉慈賜給他靈感，甚麼都給他靈感。王禎和是更本土的，根本不一樣。楊牧花蓮一畢業，就讀東海，很洋化的學校。東海畢業又到美國。他的語言也不一樣。楊牧的詩跟散文，尤其是詩詞裡面的意象很強烈，對不對？比如說有一個人回來了，他太太就打扮，如何梳她的頭，結果那個男的走了，你去你的酒坊，我梳我的頭，那完全是宋詞裡面的一個浪子回來，還有他寫〈林冲夜奔〉，在雪地上提個酒葫蘆很美，那個造型之美啊！雪地上配個酒葫蘆，林冲真的這麼美嗎？搞的路都沒得走了，他知道是有美的，楊牧是完全純美的，和他早期的名字叫葉珊一樣。王禎和不是，他就是要表達他這個東西。

楊——他就是要表達生活裡面的那些皺褶，那些痛苦、受傷的東西。

**尉**——所以他寫的那些東西，他也沒有有意要寫甚麼，可是姊姊長大了，弟弟看了姊姊找男朋友，他不是姊弟的感情，吃醋了！忽然好像有一個人要把姊姊搶走了，他到校把他揍一頓，那不是白先勇想的，白先勇會想的跟他不一樣。

楊——今天非常高興聽到尉老師用非常生動活潑的方式告訴我們，他當年跟王禎和相處的很多有趣的細節，以及剛剛老師其實是很精細的告訴我們，他的語言的經營，對結構的精神，還有對家鄉和台北的想法，當然也有他人生裡面並不順遂的部分。老師，如果今天王禎和突然出現在您面前，有沒有想過要跟他說甚麼話？或只能講一句話的話，會想跟他說甚麼？

尉——我跟你講一件事，有點像科幻小說一樣。有一次，我跟我太太去新世界戲院看電影，我太太在那，我在這一邊，快要開演了，忽然看到有一個人，怎麼王禎和他也等著看電影。我就跑過去，我喊，禎和；他說：這個片子要來看吧，這是好片子。然後他入場了。聽了半天我才想，禎和死了好久了吧，這哪是王禎和？是有人在胡扯蛋，再回來沒有了。因為王禎和就幾乎每天看電影，他就這麼一個人，就那個個性。他也沒甚麼洋派不洋派，甚至有點迷信。他兒子生下來他要算命，要甚麼筆劃，名字裡面要有個文章的文，還要倒過來，甚麼甚麼王，還要用台語唸，還要用英文念，他說你幫我起個名字。我說這名字難起啊！起個半天，想好了。我說：禎和，紅包拿來，我給你想好了。他說，甚麼名字啊？我說，王宣文。他問：為甚麼？我說，孔老夫子山東曲阜縣的墓上面寫的，清朝皇帝封他大成至聖文宣王。倒過來，王宣文，好極了！我們就開始王宣文，宣文王，用台語唸，用甚麼念都可以。筆劃也很好。他好高興，叫他太太到我家，提了一盒石斛，一桶水，一包米，說沾我的光。我說不錯，我長得很胖，可以撐人。他太太跟我太太是中學同學，後來才曉得的。我們認識之後，有一天在家聊聊聊，他忽然講：「老尉，咱們有親戚關係。」我說：「放屁！你跟我攀甚麼關係？」他說：「你回去問你老婆，就說，王禎和的老婆叫做林碧燕。」她這個人很風趣，也不造作，所以王禎和如果火大，她就講「禎和，你還沒有死啊？」唐文標、王禎和都死了，有一天我做夢夢到唐文標來了，我說：「渾蛋、王八蛋」，我一拳打過去，「都說你死了，你沒死啊？」他說：「我哪裡死了？我沒死啊！」過一會兒，我醒了。這的確是個夢。有時候老朋友會這樣。

楊——所以老師常夢到故人。故人也非常喜歡來找老師。

**尉**——最好不要夢我，夢我我也死掉了。

楊——聽眾朋友如果去看電影的話，看到很像王禎和的人，到底是要去打招呼還是不要隨便打招呼呢？我們今天非常謝謝尉天驄老師。

# 他的筆，比雕刻刀還利——王禎和

楊渡

王禎和的小說，總是被視為描述花蓮鄉土，刻劃台灣東部的小鎮與農村，在面對著社會轉型之際，充滿無奈的悲劇。然而，這樣的認知，誠然是一種「悲劇」。因為，從一九七〇年代的台灣文學版圖看起來，王禎和所刻劃的世界，文學的高度，遠比評價高太多了。

談論王禎和總是要對他的奇特而古怪的語言刻劃，加以分析。這是他的特質，他總是想尋找文字之外更深更遠的涵意。即使只是一個對話中的尋常語言，他也想表達出意在言外的韻味。這不僅是因為他非常了解語言在戲劇中的張力，更因為他像一些經典小說家那樣，把人的形象，場景的描寫，當成雕刻般來細細刻劃，以至於他希望自己的文字像雕刻刀一般，用力的、深深的，要刻到人的心版之中。

就一九七〇年代小說來看，黃春明寫的是農村轉型期的面貌，陳映真寫市鎮的小知識份子與跨國公司，李喬寫舊時代的台灣農村，王拓寫漁村，楊青矗寫工人，但都市化過程中，一個農村孩子如何進入城市，他面對都市人那種虛華偽飾、崇洋媚外、趨炎附勢的種種嘴臉，內心的憤怒與苦悶，掙扎與壓抑，卻鮮少有人刻劃過。而王禎和的小說，恰恰是寫了那巨變的瞬間，這些都市夾縫裡的邊緣人的容顏。

王禎和是了不起的作家，他小說有如早慧般的反應了都市化過程中鄉土與都會的兩個世界，尖銳衝突，矛盾可笑，讓人想流淚，卻只看見一個苦澀的微笑。

# 王禎和小說選

# 來春姨悲秋（節選）

昨晚不知怎的風竟蕭騷地吹起，風裏夾飄雨。就這般，早晨的空氣陡地轉了些許地涼了。秋，果然到啦！

來春姨的心境也變爾然得悲涼滿目的樣子，只這麼一夜的工夫。她深澈明白：她媳婦厲害，她是鬪不過的。黯然緊著小臉，她放下手上晨早梳髮的工作。——無論怎麼，總得找出方法來！

忽然間她的小孫女在房門外叫：

「婆婆吃飯！婆婆吃飯！」

小孫女聽不到回應，便連聲「婆婆吃飯」「婆婆吃飯」叫喊，用細尖到討人嫌的童稚的嗓音。聽得煩極，來春姨倒拿起梳子，擊敲著板牆。托、托、托，一下狠似一下。

「一遍就夠啦！吼什麼吼！沒教沒養的東西！」

話剛出口，她就不停後悔著。讓心眼最多的罔市聽見，風浪是免不掉的。現在的情況，風浪的興起是萬萬不行。仔細地聽沉，廚房似乎只有孩子的聲音；來春姨才放下心，繼續梳頭。她看著像蒜的顏色底髮，稀落得一隻小小的掌心就可以握全的樣子。與阿登叔一塊下桃園煤山的那年，她還有一頭為數頗豐底髮。轉眼三年，頭髮就稀脫得如許啦！也許因為這些年她一直都在服著藥；也許因為罔市這個媳婦始終不給她安靜。把疲軟的拿著牙梳底手歇放桌上，她嘆了口氣，自嘲的笑意在嘴邊漾現著。

「哼！我還是做婆婆的！儘受媳婦的白眼！我不計較，反以為我軟土可以深掘。好貨！」

很自然地她從這裏想起阿福伯昨天曉諭她的一些話。這些都是罔市攛掇他說的。

「真是欺人太過了！」她拿起梳子往桌上一叩。「欺人太過了！」

這一記起，她的心意頓時灰頹至極。在腦杓後隨意挽個小不盈握底髻，她就把牙梳，粧臺，冷月鏡推到桌子向裏的一邊去。身上一冷，她摳起床頭那件昨天才從竹箱籠裏翻出來的短襖，披在身上。每天這時間她都坐在仇醫師的診所等護士打針。前年她開始患糖尿病，直至現今還在治療中。她在床下找到了那雙出門用的牛皮拖鞋。玄色的鞋帶釘有玉色的珠扣；一腳一個扣，兩腳拼齊，一對珠扣彷彿人死後翻白的眼睛。將鞋提在手上又廢然地把鞋丟往地上，她重又躺進床裏，抓件兩邊角還印有日本旗徽的毛毯兜蓋著腹部。

「為什麼不去？」進門聽來春姨說今早不去仇醫生那兒，阿登叔就這麼問，口氣上很有幾分責備的意思。

「你看你，天氣都涼了，還穿薄薄的一件。」來春姨坐直起來，毛毯擁到懷裡，一副不堪秋涼的樣子。「你吃了？那裏吃？」

十天前吧！有位親戚上門來撥款應急。罔市竟當著來春姨和阿登叔的面向這親戚說什麼孩子多，費用大，物價有起無落，孩子的爹拿的又是死薪水，生計本就困難，現又放著沒干沒係的人在家裏供奉，生活真要落到朝不謀夕嘍！那來的餘錢？一句話一把刀，四面八方地剜割著來春姨和阿登叔。雖然暗噁，他們還是默然在一邊努力裝出沒有聽到或沒有聽懂的形容。彷如抗議一般，當天晚上阿登叔就不回家用飯，到市場買了份頂便宜的飯湯一個人孤零地吃了。以後他的三餐大抵是這般地打發過去。

「哦！依舊在市場吃。」抑住心內滔滔的悲哀。來春姨風乾起皺底臉比往常更了無生氣，語調近於冷漠的平淡。

坐在一邊床沿上，阿登叔掏出褲袋裏的紙煙吸，似乎想說點什麼，又似乎什麼都不要說。

「多穿件衣服吧！」來春姨的語調依然幽遠淡漠得非常。她順手從衣櫃上拖下一件灰舊的羊毛衣，遞過去。「你穿上吧！」

阿登叔接了衣服，將它置在床頭。「我不冷。」擺著一副很不耐煩的氣色，他虎猛地噴著煙。窄隘的一間臥房，煙氣彌漫到處。屋頂上的窗給封閉了，房內暗烏。電燈開著，加上霧白的煙氛，燈光一發昏陶。這樣的場面彷彿只在劣等的亂加了效果的悲情影片裏才有。

「你怎麼——」轉頭望向來春姨，阿登叔眼睛底下匿有大的怒氣。「不去打針？」

來春姨聽他這樣問著，再抑不住心下的辛酸，眼眶一紅，淚珠一顆緊連一顆地向下墜。——不想想人家要怎麼算計你，你還關心著我做什麼？哦！我怎落得這般沒用，儘讓罔市百般作賤他。我真沒用！真沒用！轉臉向裏，她用手背揩著淚，一道又一道，揩不完似地。

「打針去吧！」近於哀告地，阿登叔又說一次。就要燒盡的煙蒂從他的指縫間溜下，正巧落到地下的一口新痰上，嗤嗤響著，眨眼間便音聲岑寂了。

來春姨底臉始終向裏。「不要管我！我心煩得很。出門轉去吧！讓我也休閒一會。」

「煩什麼？」

「我……」來春姨低頭盤思了一會，而後抬臉看著阿登叔。她臉上的淚漬隱約閃亮著。「出門轉去吧！讓我休閒一會。」

「昨晚阿福跟你說了什麼？」

「他──也沒說什麼！」來春姨拙笨地飾掩著。

「他都跟我說了──」陡然外面一陣風掄襲進來，阿登叔不提防打了個噴嚏。「今早我在市場碰見他。也許他是特意到那裏找我。我早料到罔市會出這起樣的手段，哼！數她厲害。」

「他都跟你說啦?!」異常的震驚和憤懣一瞬間使得來春姨滿臉紫漲起。──竟是這樣不留人後步！──她的手好似不能止住地儘絞扭著堆擁在懷裡的毛毯──明說好啦，先莫告訴他。阿福哥你也真快人一言，就全告訴他啦！她霍然抽出一隻手，虎猛地向榻榻米撲拍下去。──罔市！罔市！你這樣做，就能夠叫他立時的走嗎？你莫這樣想，罔市！

一付精神俱熔進這場對罔市洶咻的聲討中，對於阿登叔怎麼樣地挪起床頭的毛衣，怎麼樣地穿上，又怎麼樣地走開去，她竟一點都不曉得。等她注意到了，相當長的一段時刻也過啦！困乏地躺下來，她打算盹一忽。可是說什麼她也無法再睡。

大概昨日向暮的時刻，阿福伯託人請來春姨晚上到他家一趟。來春姨猜是要開導她莫和罔市老這樣地不睦著。婆媳每有齟齬，罔市就找上阿福伯。

阿福伯果然勸她要守一個忍字，罔市縱然不馴，也得看在兒子的上頭，不犯和她一般見識。

「看在我這老鄰居的面上，聽我一句吧！叫阿登莫要三餐到外面買吃，給罔市難堪。」

「這就給她難堪啦！她講的那些就不難堪我們了嗎?!」來春姨緊縮了臉。本很小的顏面，一發小得非常。把當日發生的詳細說了一過，她最後氣狠地迸出一句：「老二可也是人家一手帶大，罔市憑什麼說人家沒干沒係？太過激啦！」

「也許她是無心說出。」

「唉！」嘆著氣，來春姨拿眼瞇噓著阿福伯。病後兩年，她的眼睛愈來愈視茫，看人看物總需要這樣淒瞇著。「阿福哥，你看我會再同她七個八個的沒完嗎？我那有不明白我現在的境況。生了三個兒子、個個無用，就只老二成家立業，我不靠傍他，靠傍誰去？頭頂人家的天，腳踏人家的地，我那敢隨分對不起人？」

「說什麼對得起，對不起的？老二養你，天經地義。你就叫阿登在家吃飯吧！免得老二回來怨怪起罔市。」

「罔市但有幾分畏怕老二就好嘍！」

「老二是個好孩子！」

「只這罔市曲裡拐彎的心思，一味要攆我們走！」

「我不是不知道罔市是厲害人。當初你們剛下山時，我不是提醒你們一次，你們不聽，現在可好，天天有事故！」阿福伯一口茶水吸進嘴裏含著，像要漱口，然後就脖子一仰喝了下去。他這措舉彷彿是把「你們不聽，現在可好」這句話複講了一次。

在桃園礦山裏幹滿十五年會計的阿登叔，三年前和來春姨一道下來時隨身攜了筆退休金——不大不小兩萬三、四千的模樣。他們一下山就住在老二家。當時阿福伯曾鄭重指點他們過：

「你們這次回來不比往時只住七、八天。你們得有個面面是佛的計劃，免到將來是是非非的沒完。你家老二不會多心，這我清楚。你家二媳婦是厲害人一個！」

來春姨三十歲那年她男人便謝世了，沒留下太多的好處供她念眷，除了三個小孩和困寒的生活。幸好住在隔鄰的阿登叔經常濟她點油、鹽、米、錢的。阿登叔的女人也很早訣去的，也沒留下尺男寸女。他胞兄深深驚怕無人傳他香火，就慨然將一個自己的兒子過繼給他。他這個過繼來的兒子現在瑞芳淘金沙，聽說還相當闊的。

阿福伯那時候的意思便是看阿登叔決定這下半生要跟誰過。如果要傍靠那位兒子，就該趁現在身邊有錢投他去；莫等到錢花光了，兼上生病，才賴住人家。如若打算遠長地在老二這邊歇，得須氣概地把山上領下來底錢悉點與老二。這樣罔市縱有一千個不期望他住下，也斷斷不敢把這點意思在形容上表示得很澈亮。

「你若生病了，罔市也絕不敢怠慢你。就是你百年之事，我敢說她定規矩地替你辦。要待在老二家，又捨不下錢。除非你要粧矮子，不上三年五載，就有醜的叫你受啦！一朝無食，父子無義，何況罔市又不是你的親兒媳婦。老二有錢，吃他一輩子，不過份的；也算應該。但老二是個手面賺吃，大家多少要照護他點。一句話，既得入路，又須得出口。做事要選漂亮的做！看在我們三十多年的老交誼我才這般向你說。聽不聽還在你們！」當時阿福伯啟用有豐厚的說服性的語調講完這溜溜長底話。

始終不願意阿登叔離開的來春姨總如此思想著：大家在一塊都二十六年啦！雖說沒有正式的名份，也強如夫妻一樣。為什麼到這大把年紀才要天各一方？至於錢她尤其丟不下。兒子養爹娘，還倒送什麼錢？——她一直這麼樣地宣說給左近鄰坊聽。

「現在倒是天天有事故。這日子真越過越回去啦！」來春姨又瞇著眼看阿福伯把著茶杯輕搖，像鐘擺那樣規律地。

「你們果然聽我一句，可省下多少是非。噫！現在提這也無用。」阿福伯走近一張擺茶具的烏心木桌，將手裏的空杯斟滿了茶。「阿登的兒子還在瑞芳吧！」

「不是他兒子。他阿兄的男孩過繼給他的。」

「還在瑞芳吧！」

「在吧！」來春姨勾頭望出一扇敞開的半月形狀底窗。天的大墨臉上啟露了一口清蒼的月牙。外面風起了一片響。她忽然覺得那口月牙在淒清地打顫著——喀登、喀登、喀登……一聲聲難言的創痛。

「聽說生活過得還很富裕！」阿福伯持重地坐回椅上。

「大概是吧！」仍復偏臉朝著半月模樣底窗眺看出去，來春姨對阿福伯適才的問詢頗有幾許的不悅。

「嗯！」阿福伯啜了口茶，俯首沉吟。他頭上禿髮的部份，電燈下，釉亮耀眼。然後抬起頭，他臉上的形容很異特，彷彿忽然間有所神悟的樣子。「既是這般，為什麼不趁現在阿登還勇健時當口投靠這兒子去？」

「怎麼啦？！」來春姨矑眯的眼睛有著許許多多的慌惑和驚駭。「怎麼啦？！」

頗感為難地，阿福伯解釋著罔市如何再二再三央煩他出來說兩句話。他執意不肯，但經不住罔市屢再的攛掇。他曾詳細推敲她底話，覺得也不是沒有道理。老二一個鐵路工人要供應五個孩子書唸，和一家吃穿，擔子不輕。多一個阿登叔在家，罔市並不嫌煩，只為他漸漸的老大擔心，萬一生病，看誰照顧他；來春姨自己有病，又上了年紀，都自顧不來啦！如若回去他兒子那裏，雖不是自己生養的，也是親人骨肉，有了長短，使喚比較方便。

「不是說這個兒子還開有一爿食品店嗎？他這回去，幫他們看裡看外，總不至於白吃人家。」阿福伯嘆了口氣，深深地。「現在年紀大了，什麼事前後都得考慮周詳；不像少年人可以任性，可以到處闖蕩！罔市的意思不是要阿登立刻離去，只盼你們早日有個決定。來春姨，你仔細想想我的話。」

這席話將來春姨的辛酸和悲憤都引上來。眼淚雖力忍住了，她兩眼紅潤，彷若哭過一般。當著阿福伯，她怎說得出她和阿登叔的情份如何如何？她和阿登叔是如何的無法分抉？她如何能夠向阿福伯提這些？捨此以外，她又能講什麼？靜默坐著，俯首看住趿在腳上的拖鞋，她覺得鞋帶上的珠扣像死人的眼睛向她凝瞪；不知不覺中寒冷流遍了她身體的各處。外面的月牙打著寒顫——咯登、咯登、咯登……一聲聲難言的創痛。

阿福伯指著放在來春姨旁邊的神桌上的茶杯，示意她飲一口吧！

「人老了，就是要靠傍下代，世傳世的規矩嗎！我那個讀大學的孩子，常說美國人兒子一大就離爹娘，到外頭闖去，大年小節才回家一趟。他們老人不靠下代供養，也不將財產留給子孫。我們當然不興這個。父產子得，天經地義。養兒防老，今古皆同。可是做長輩的還須顧慮到做晚輩的境遇。就拿我家做比吧！阿細和我本可以在我們老大家好好過完這一生。可是老大家孩子多，生活也不見得頂寬裕。阿細就上臺北跟我們教中學的老二一塊住。在三、四十年的夫妻，到老才一東一西！」阿福伯揚起手摸撫著他頭頂無髮的所在。「依我看，還是讓阿登回去好！來春姨，你仔細想想我的話。」

兩隻手筒在袖裏，來春姨什麼話都說不出，只「嗯」「唔」地敷衍著。彷彿教士在揚宣基督真理的樣子，阿福伯將他的觀點娓娓複誦著。最後送來春姨出門的時候，他還是這句話：

「來春嫂，仔細想想我的話吧！」

本文原載《嫁粧一牛車》，洪範書店，一九九三年九月

# 大地之子，真摯之心——吳晟

## 吳晟

吳晟，一九四四年出生，本名吳勝雄，彰化縣溪州鄉人。一九七一年屏東農專畜牧科畢業，隨即返鄉擔任溪州國民中學生物科教師以迄退休，現專事耕讀。十六歲開始寫詩，至今始終不輟。一九八〇年曾以詩人身分應邀參加美國愛荷華大學國際作家工作坊。十餘篇詩文收入教科書中，早已成為台灣最為人所知的詩人之一。吳晟近年多次參加與自然資源保育相關的社會運動，堪稱台灣作家身體力行，實踐關愛鄉土信念的典範。出版有詩集《飄搖裏》、《吾鄉印象》、《向孩子說》，以及散文集《農婦》、《店仔頭》、《吳晟散文選》等多種。自二〇〇〇年《吳晟詩選1963——1999》後，久未結集詩作，《他還年輕》為睽違十四年之長、二十一世紀以來的全新五十二首作品，自言「也許，最後一冊詩集」。謹守一貫鄉土田園詩風格，或揉入投身社會、環保運動的濃烈情感，復感懷溫潤時光及人事流轉；一面是對不公義的字句鏗鏘，一面愈趨練達觀世。「寫台灣人、敘台灣事、繪台灣景、抒台灣情」，念茲在茲者，永遠環繞腳所踏的吾鄉土地，憂懷守護者，則寶島上無窮盡的暖與美。

# 對話

——吳晟 × 楊渡

楊——我們今天特別邀請到詩人、同時也是我的老朋友吳晟，來跟我們分享他文學中的溫暖，以及對母親和土地的愛。

**吳——主持人楊渡老朋友你好。**

楊——我們認識快三十年，要像這樣介紹還真的是第一次。在我眼中，吳晟兄大概是台灣最具有土地味道、泥土味道的人。他有許多詩都被羅大佑、張懸等等的歌手譜成歌，變成一種對人和土地的歌頌，非常好聽。有人說他是本土的代表，可我卻不認為這樣，我認為他是大地的歌唱者，是大地母親的歌頌者。這個傳統延續了惠特曼、泰戈爾以降的文學傳統，所以它不僅是本土的文學，更是世界性的文學。吳晟先生本名吳勝雄，是彰化溪州人，一九四四年生，他的文學創作出發很早，從一九六〇年，十六歲時開始寫到現在已經五十幾年了，他出版過的詩集包括了：《飄搖裏》、《吾鄉印象》、《泥土》、《向孩子說》、《吳晟詩選》、散文集有《農婦》、《店仔頭》、《無悔》、《不如相忘》、《一首詩一個故事》、《筆記濁水溪》等等。他的詩最為所知的是入選國中課本多年的〈負荷〉，詩裡描繪了父母對兒女的期待和深情。吳晟先生的父親受過日本教育，日據時期當過警察、教員，戰後在溪州農會工作。就讀屏東農專一年級的時候，他的父親車禍不幸過世，帶給吳晟非常大的壓力，所以他跟母親相依為命。他的母親是典型的農婦，對子女的管教往往用責罵來表示關切，這點我也有深深的體會，因為我媽媽也這樣。我們現在先請吳晟先生為我們朗誦一篇他的散文，〈嘮叨〉。

## 〈吳晟朗誦〈嘮叨〉〉

楊——謝謝吳晟老師為我們朗讀〈嘮叨〉。那麼典型的刻劃出他的母親，也彷彿是刻劃我們每一個人的母親，因為在台灣傳統的農村社會，母親那一輩的人不太會用一種愛的語言來表達，她好像只會用嘮叨來表示她的關心。關心你衣服穿不夠、關心你鞋子破了怎沒換一雙、關心你褲子穿的那麼髒，她用這樣那樣的嘮叨來表達她的關心。吳晟兄的這一篇作品呈現的彷彿是我們每一個人的母親，真的很感動。這使我想起年輕時去溪州找他，和吳晟兄聊天，講些有的沒的，聊文學、聊未來的國家方向等等，結果他的母親就跑到菜園裡，想著我們要吃晚餐，然後摘回來一大把菜說：「你看你看，現採的，正新鮮！」我們就笑說，這可以拿來當生菜吃了。真是非常感動。聽他這樣念彷彿就回到當年那個黃昏，看見他母親走進來的樣子，所以內心充滿感情。在一九七〇年代，吳晟返鄉任教，開始寫作農村跟鄉土的詩作，他用素樸的現實主義寫作技巧呈現泥土的芬芳，刻劃親情的可貴。有一個文學研究者宋田水說，他的詩不是渾沌世界裡一些無色無臭的夢話，而是土地深處開出有根有葉的生命之花。所以他描寫台灣農民的生活、探討農民的命運、關心台灣社會的變遷，整個是一種社會的關懷，一直到現在他依然對土地對人充滿了內心的關懷。吳晟的詩作在一九七〇年代就享譽文壇，一九七五年他榮獲第二屆中國現代詩獎，二〇〇七年獲得第三十屆吳三連詩獎。他的詩以我的家鄉、我的土地為基調，呈現一種現實主義的美學。這種美學在詩集《吾鄉印象》裡特別鮮明，對母親勞動的形象給讀者留下很深的印象，對大地的描述亦是非常動人，這就是為什麼那麼多歌手都喜歡拿他的詩來改編成現代歌曲。我們請吳晟兄再為我們再念這首〈泥土〉。

**吳——謝謝老朋友，我們有很多美好的共同的記憶。**

**（吳晟朗誦〈泥土〉）**

**楊**——吳晟兄剛剛用台語念詩的那一段特別動人。母親的語言、母親的聲音確實有他的感性、動人之處，聽起來彷彿人跟土地的節奏是密切結合的。從泥土一直延伸到他對現實的關懷，尤其是他作為老師，對於現實的教育、現實的社會生活、對人，尤其是對孩子的影響非常關切。一位老朋友曾建銘就在他為《無悔》這本書所做的序言裡說：吳晟的《無悔》系列是延續《吾鄉印象》與《農婦》的共通可貴要素，就是鄉土愛與質樸不阿的鄉土精神，及由此孕育出來的對時代不合理現象的批判精神。這種批判精神在《吾鄉印象》與《農婦》中是隱喻的，或是逆說式的，而《無悔》系列則是闊步踏出，雖然仍有猶豫、靦腆之處，但總是堂堂皇皇的秉持正直的情操，為公義、為更合理的社會批判精神，他開源於《吾鄉印象》、經歷《農婦》、走過《店仔頭》、在《無悔》系列中與台灣現實社會的脈動接頭、與時代的脈動接頭。這就很像吳晟兄常常這樣形容，說他自己是一個憨直到不懂得巧變的農家子弟，可恰恰就是這種憨直，使得他面對現實的時候，對於孩子、對人的關懷特別濃厚。因為這樣的深厚感動了許多人，跟當時所有現代文學，尤其是現代主義文學完全不一樣。他呈現出完全不同的美學，留下了在文學史上難以抹滅的位置。可否請吳晟兄再來朗誦一首詩。

吳——老朋友的誇讚我就笑納，不過真有點不好意思。我就再來朗誦我在當老師的時候的作品。當老師跟當父親的心情是差不多的，因為自己的學生等於是自己的子女，所以我對自己的學生有很多情感，這首〈詢問〉，是看到很多流盪街頭，或是在外闖禍的年輕人朋友，感到相當不捨的心情。

（吳晟朗讀〈詢問〉）

楊——謝謝吳晟兄這首〈詢問〉。我很少看到一個師長用這樣自我反省的方式，溫婉的、溫暖的去觸及孩子的心靈，然後招喚他歸來，如果有一切罪過由我們來承擔。我想這種心情就是天下父母的心情，希望能把孩子從街頭從任何一個地方把他們找回來。可否請問吳晟兄當時是用甚麼心情來創作這個作品？

吳——謝謝楊渡有這樣共同的觸動。事實上是我擔任老師多年，我經常發現很多老師會注意到那些比較優秀的學生，而會認為那些優秀的學生我們老師都有很大的功勞。我們如果看見哪個學生日後有了成就，很多老師就會說，那是我教過的。當我看到社會上有些闖了禍的年輕人，很少聽到那些老師說，真抱歉，那是我教過的。我想我們每一個人的成長過程中，多少都會犯一些錯誤，我們都是靠家人的愛的包容，然後還要靠很多的師長耐心的協助教導，再配合不斷的自我學習才能免於犯了大錯。包括我自己，其實也一樣，因為我回想自己年少的時候，其實難免犯了很多錯誤，甚至有些違規的行為，可都是因為很多家長、師長的包容勸導，慢慢在引導我們走上來。但是我要實在說，我們整個台灣社會，實在太欠缺真誠的自我反省、自我檢討，卻太多怪罪別人。比如有甚麼事件，幾乎都沒有人出來說：「真抱歉，那是我的責任。」大部分都見到，開始批評別人，都是你都不是我。就是包括很多老師在教導學生，教不對、教不會，或是學生壞，都一句簡單的話，不受教！難教！就是壞！如果教不會，就說那是傻的！我每次聽到這樣的老師對學生這樣的評語，我都很難過，因為我自己也都很笨，有時候我的功課很多真的都讀不來，不是我不讀，我的能耐、程度、學習能力大概就是這樣。那老師應該要去了解它的個別差異。有一次我發考卷，發現到有一個題目，我說這一題不對的站起來，結果幾乎大半學生都站起來，我就故意很兇說，這一題教過嗎？大家都低下頭說有，我說有沒有跟你們說過這一題會考？大家都說有。那教過你們、有說過會考，你們怎麼還不會？結果整群學生的頭都低垂，就是很羞愧。然後我就換另一種聲音，我說：「老師，以前你的老師教過你的，難道你每一題都懂？」學生聽到這聲音就覺得很奇怪，然後抬起頭來看我，我說，不用害臊，教不好啊！我教不好！我為什麼教到讓全班一半以上都不會，那就表示我不好，不是你們不好。整群人就說，老師，真不好意思。我說，不是這樣，我真的知道你們很認真，不過我不會教，也不能全都怪你們。我的意思是想跟學生說，你要認真，你們有認真的話就是老師不好。而不是說我們教孩子教不會，就罵孩子說，他不認真啦！他不認真！不然就說，笨！笨！

笨死了！因為我自己本身是很笨的學生，所以我就很同情，我也曾經當過不良少年，也離家出走，所以我都很清楚這些年輕的心靈，其實他不是壞，他自己本身也很難過、也很痛苦，只是他不知道要怎麼辦，所以必須有人去引導他，是這個心情。

楊——這首詩讓我們覺得非常溫暖，是他在反省自己的同時，願意用一隻手去握住他說，沒關係，你不是單一的一個，作為老師的我也是跟你一樣，一樣在成長的過程中也顛簸過、也跌倒過，然後一起來長大。所以這首詩讓我們覺得非常溫暖。而且他對於年輕孩子的溫暖的關心，讓我想起日據時期有一個農民運動領袖叫做簡吉。簡吉當時是一個小學的老師，可是他看到農民的孩子很窮，沒辦法好好上課，覺得沒能夠教會孩子，所以有一天決定去從事農民運動，拯救農民貧困的命運，他覺得如此才能拯救農民的孩子。後來他被日本警察逮捕的時候，警察問他，你為什麼好好的老師不做去從事農民運動？他講一句話說，如果我領了這些月俸而不能教好孩子的話，我會變成月俸的盜賊。他講這句話時的那種自省以及溫暖，那樣深刻的自省一直讓我記憶在心。在剛剛吳晟兄所念的詩以及他所敘述的故事裡，我們深刻地感受到這種心情。對於孩子的成長，作為一個老師您應該還是有很多願意敘述的。您還寫過一首詩〈成長〉，講一個寂寞的孩子是怎麼成長的，對他也寄予了一些祝福。可不可以為我們朗誦一下、講講這首詩？

吳——剛剛聽主持人提到簡吉的故事，我當然沒那麼了不起，但是我作為一個鄉村教師，其實也有很深的感觸。我們鄉村的孩子，天資說來都不差，但是礙於大部分晚間都在收看電視，這是比較不利的地方。第二個就是，他們沒有自信，沒有好好的輔導，沒有錢補習，在學習上就會有比較不利的條件。在積極上我會要求他們晚上不能看電視，剛開始我用抽查的，就是挨家挨戶去抽查，但是後來發現，抽查也沒有那麼大的效果，結果我乾脆要求他們晚間的時候來學校自修，大家都安靜在這裡看書，那我來陪伴他們。我們有幾個老師輪流來陪伴，一方面陪伴他們讀書，另一方面如果他們隨時有疑問，就可以詢問。再一方面，我希望讓我們的農村小孩要有自信，並不是說要怎樣出人頭地，最重要是要正正當當做人，所以我在這樣的心情下，寫下了這篇〈成長〉。

（吳晟朗讀〈成長〉）

楊——很感人的一首詩，描述這些生命都像小草一樣的成長。說真的我很少看到台灣文學作家從頭到底，從作品到人格到為人的風範都非常一致，吳晟兄可說在文風、人品上非常一致的。從母親的描寫，對土地的愛，一直到現在，我們知道吳晟在家鄉開始種樹，把過去母親留給他的田地改而種樹，他一直在講一句話，要讓土地保留它呼吸的空間，也就是說，土地在吳晟的詩作裡是有生命的，在現實中他也把它當作是會呼吸的。可不可以談一談為什麼會去種樹的心路歷程。

吳——其實這些心情很多值得談，不過我簡單提一兩點來給大家參考。第一個就是，有土地才有生命。其實我很多智慧是從父母學來的，比方大家說，現在時代多進步了，我媽媽都說：「進步？會發達到人不用吃飯就能活？」你說時代科技多進步，會進步到不用栽種就有飯吃？意思很簡單，我們人一定需要糧食，這是生存的基本要件之一，要有糧食就要有土地，現代科技並沒有發達到不必耕作就有食物，從這個糧食觀點來看，當然是沒有土地就沒有生命。從小這樣的教育觀念裡，使我對土地的珍惜跟愛護就留下很深的教育。越長大越看到我們的社會發展，都一直在假借科技或經濟發展之名掠奪土地，一直侵犯我們大自然的環境。大家都說拼經濟，但這些經濟越拼我們的環境也越來越糟，我們的土地會越來越少，就是我們的土地越來越萎縮。尤其是台灣，很特別的是對水泥的崇拜，任何一處就講建設，討經費要建設，建設就是水泥鋪設，所謂建設幾乎跟水泥畫上等號。我們的河川也是鋪水泥，路面也是鋪水泥，你看很多大都市裡幾乎不太找得到空地。想想看你把大地封鎖起來，它沒有辦法吸收水分，所有的雨水一旦嘩啦啦下下來，沒有土地可以吸收，所以整個都是要排到排水溝，可這些排水溝的排量又很少很小，大部分就流不出去，造成水患。第二是整個鋪上水泥之後，無法吸收熱氣，甚至還會蒸發熱氣，天氣就越來越飆升、暖化，你想想台灣氣溫已經飆升到三十九點多度了，已經嚴重超過我們人體的恆溫，大部分都靠冷氣。冷氣機轟轟作響，所排放出來的廢氣又回流到街道，街道越來越熱，又回流，每個人又越依賴冷氣機。我剛好父母留一大片土地給我，我就想說，我要鼓勵大家要珍惜樹木，懂得種樹的急迫性，所以我就把自己的土地整個來做小小的造林，主要是希望能夠推廣。我最近常講，少鋪水泥少作惡，多種樹多做功德。少鋪水泥多留綠地，這是一件功德。

吳——其實我們的教養，我的土地觀是從父母傳承給我，那我這樣愛惜土地的觀念也會傳承給我的子女，可是我們自己不一定完全做到，像我最近蓋了一間書屋，我有充分理由說我是很喜歡書的人啊！我們全家都喜歡看書，所以我有合理的正當的理由蓋一間書屋。可是沒想到我的大兒子就很生氣，他很不高興說：「爸爸你說一套做一套。」怎麼說呢？我蓋書屋是為了我們是喜歡書的家庭啊！他說：「那都找理由啦，你又在占綠地。你明明說不可以占用綠地，為甚麼還要再蓋這樣的房子？」我說，那不然怎麼辦？他說：「第一個你要就用廢棄的建地來蓋房子，要不然第二要架高，不可以再鋪水泥，不然會封死了這些綠地，那還是一樣落入這種習性。封鎖土地，讓它無法呼吸。因為土地是有生命的，它也需要呼吸，那讓它不能呼吸就等於在扼殺地球的生命。」所以他最近很不高興一直跟我吵，我一直跟他對不起，我說，當時我一時沒想清楚，還是落入了那種錯誤的習性裡。我現在想起來他是對的，我要蓋一間房子，在自己的地方可以架高，至少留一片綠地，也可以在哪裡活動，還是可以吸收雨水，可以吸收熱氣，這樣才是對的。反而我現在是我兒子在教我了。

楊——代表您教育非常成功。謝謝吳晟兄為我們帶來這麼美好的文學饗宴，不只跟我們分享土地、分享文學之美，而且帶給我們很好的觀念，就是我們要跟土地為伴，讓土地可以吸收雨水，我們人也才可以吸收雨水，能夠活得更長久，我們的社會才會更好。

# 大地之子，真摯之心——吳晟

楊渡

一九八〇年代初，美麗島事件之後苦悶的台灣，為了辦《春風》詩刊，我和李疾去溪州吳晟家，邀請他一起加入同仁詩刊，向他約稿。他二話不說，出錢出力，力助年輕的我們。還記得那一天，我們議論天下大事，正說得熱血沸騰，吳晟的母親走了進來說：黃昏了，就留下來吃飯吧。我們正想不好意思打擾，要不要起身告辭，他的母親卻已微笑著說：「鄉下的地方，沒什麼好招待的，就是自己種的青菜，你們難得可以吃到新鮮的。」說完就到菜園子裡去摘菜。稍後，我們吃著剛剛採摘的新鮮甜美的燙青菜，直向吳媽媽道謝。

訪問那一天，談起此事，才驚覺已經三十年過去，那是我讀研究所時期的事了。吳晟的母親已故去，可那黃昏中，那溫柔堅毅的笑容，卻無法遺忘。

朗讀那一天，吳晟讀著懷念母親的散文，依舊思念得毫無辦法，泣不成聲。那時刻我恍然明白，母親之於吳晟，不僅是文學的，情感的，也是人格的典範。那是來自於大地的母親，是土地和母性結合的厚重。母親的溫柔與堅毅，也成為吳晟性格中，最鮮明的特質。他後來對反國光石化的堅持，對土地與家鄉的深情，乃至於付諸行動的沉痛，都包含著這樣的特質。

吳晟還有一個迥異於其它作家的特別之處，是他的深刻自省。作家易感多情，自古皆然，但不斷自省，反求諸己，讓吳晟的反省批判有一種質樸的力量。以往讀他的散文，環境的批判與土地的關愛，都可以感受到。但此次他朗讀一首給學生的詩，詩中他自問：是不是我沒教好，讓你們寧可流浪到街頭，是不是我不夠用心，讓你們放棄自己……。作為老師的吳晟，是這樣嚴格的要求著自己，和孩子如此對話，這樣自省之心，讓人深深感動。

# 吳晟詩選、散文選

# 泥土

日日，從日出到日落
和泥土親密為伴的母親，這樣講——
水溝仔是我的洗澡間
香蕉園是我的便所
竹蔭下，是我午睡的眠牀

沒有週末、沒有假日的母親
用一生的汗水，辛辛勤勤
灌溉泥土中的夢
在我家這片田地上
一季一季，種植了又種植

日日，從日出到日落
不知道疲倦的母親，這樣講——
清涼的風，是最好的電扇

稻田，是最好看的風景
水聲和鳥聲，是最好聽的歌

不在意遠方城市的文明
怎樣嘲笑，母親
在我家這片田地上
用一生的汗水，灌溉她的夢

# 成長

在沒有掌聲的環境中
默默成長的孩子
長大後，不會使盡手段搶鏡頭
不習慣遭受冷落

在沒有玩具的環境中
辛勤地成長的孩子
長大後，才不會將別人
也當做自己的玩具

在沒有粉飾的環境中
野樹般成長的孩子
長大後，才懂得尊重
一絲一縷的勞苦
才懂得感恩

當多數人圍著奇花異卉
齊聲讚頌
孩子呀！你們要多注視
隨處強韌地生長的小草

# 詢問

每一盞街燈
都已疲倦不堪，昏昏欲睡
在各種虛華的場所穿梭
在各個陰暗的角落流連的少年呀
為甚麼還不回家
在大街小巷四處閒蕩、四處鬧事
騎著機車呼嘯來去
和生命任性賭氣的少年呀
為甚麼還不回家
因為家裏的燈光不夠柔和
不能耐心傾聽你們
深深隱藏的寂寞嗎
因為學校的聲音過於沉悶
不容你們探求陽光的枝葉
自如自在地伸展嗎

眼花撩亂的浮誇景象
又一再眩人耳目
你們唯有選擇棄絕朝陽的方式
表示抗議嗎

正該小松樹般欣欣然成長的少年呀
你們也是我教過的學生吧
我未曾盡心教導嗎
我未曾付出足夠的關切嗎
我未曾寄予無限的期待嗎
是誰將你們推進
越陷越深、踏不著立足點的泥沼

每次遇見你們
那樣傲慢，彷彿要對抗整個世界
而又掩飾不住愁鬱的臉色
每次接觸到你們
那樣不屑，彷彿對所有生命都不信任

而又流露出那樣迷茫的眼光
我的內心便隱隱抽痛
你們曾在我的看顧下成長
你們是我教過的學生呀

我永遠不會忘記
在操場開心地奔跑跳躍
在田野、在社區勞動服務
勤勉地流汗
憨直的真情，字字句句
透過作文簿
漲滿了我的胸臆的孩子
那是你們呀

我曾有意無意疏遠了你們嗎
我曾因倦怠、甚至厭煩
習慣性持起冷漠的利刃，衛護自己
卻刺傷了你們

渴望真心撫慰和引導的幼小心靈嗎
我曾倚仗權威
嚴厲指斥，逼迫你們順從
污蔑了你們的人格尊嚴嗎

堂皇動聽的訓誨
你們聽得夠多了
我一定時常按照指示傳播過
明知是矇蔽事實的言論
我一定常在你們面前
板起臉孔高談大道理
自己的行為卻大相違背
還有甚麼臉面要求你們信賴

正該小松樹般欣欣然成長的少年呀
所有對你們的責備
都由愧對你們的父兄和師長
一一承擔吧

所有你們闖下的罪行
愧為你們的父兄和師長
都該接受判決呀

每一盞街燈
都已疲倦不堪，昏昏欲睡
你們為甚麼還不回家
正該小松樹般欣欣然成長的少年呀
你們何嘗甘願如此輕賤自己
何嘗甘心棄絕蓬勃煥發的朝陽

出處——吳晟詩選（洪範出版社）

# 嘮叨

年節將屆，遠在南美的大妹，寄了一些禮物回來給母親，並附上一封信，信中有一段話說：在家時，常覺得母親太嘮叨，而今漂泊在外，最想念的卻是母親的嘮叨。

大概很少年輕人不認為自己的母親不嘮叨吧？我們也常覺得母親過於嘮叨，有時不免會表示不耐煩，母親總是又生氣又感慨的說：講話也要費氣力，我每天的工作多如牛毛，還不夠累嗎？哪有精神多講話，只是以前有你們父親管教你們，我只要認真工作，其他事不必我操心，而今你們父親不在，我不管你們，誰管你們？

父親在世時，母親確實很少說話，每天默默的忙碌，全心照顧我們的生活。父親去世時，我和幾個弟妹都還在求學，學業又不很順利，母親常說父親最重視子女的教育，一生做人正直，唯恐我們沒有把書讀好，沒有培養成正當的人格，對不起父親的期望，因而常將為學為人的道理，一有機會，便一而再、再而三的叮嚀，反反覆覆的舉例，便顯得嘮嘮叨叨了。

其實，說母親嘮叨，不如說母親對我們的管教過於急切來得恰當。

年輕人大都不喜歡太多的管束，而母親對我們的管束又特別嚴格，我們曾多次聯合向母親抗議，直到有次母親傷心的說：你們嫌我太嚕囌，等我老去了，就不會有人對你們嚕囌了。從此我們再也不敢輕易有任何不悅的表示。而且年歲漸增，漸能體會母親的苦心，即使嘮叨得很煩，也要想辦法化解不耐的情緒，不使顯露出來，以避免傷了母親的心。父親去世後，母親日日操勞，獨自撐持家計，東挪西借，籌措我們的學費，已經夠苦了，我們怎麼不孝，何忍再傷母親的心？

不過，遇到母親心情不好的時候，如何接受母親的嘮叨，卻頗費心思，我曾試過多種態度，都不理想。默不作聲呢？母親會說我在賭氣，講幾句就不高興；笑著聽呢？母親會說還好意思笑，還不知道反省；辯解呢？母親會說長大了，管一管就應嘴應舌；辯解時要是聲調提高些，母親更會認為我們是在頂撞。

經多年的經驗和揣摸，我們才了解母親的心意，原來爽朗的母親，也希望我們都有明朗的個性。因此，若是平常的嘮叨，只要專注的聽，便不妨事，若是帶有火氣的嘮叨，最好的態度，便是和母親開開玩笑，讓母親開開心。

以前兩位妹妹在家，每當母親又在喋喋不休，嘮叨的對象如果是我，妹妹就趕緊去端茶請母親喝，並向母親說：你罵累了，休息一下，換我來替你罵。便仿照母親的口氣，背起母親的家訓。嘮叨的對象如果是妹妹，就由我來做。我們聽多了母親的家訓，大都耳熟能詳，可以學得維妙維肖。

和一般沒讀過書的鄉下婦女一樣，母親受了甚麼委屈，有甚麼惱氣不過的事，也會順嘴溜出幾句罵女人頗不文雅的話，妹妹聽見了，就會走過去，輕輕擰住母親二邊的嘴角，笑著說：吔吔！又壞嘴了！美國博士的母親，怎麼可以這樣壞嘴。這時母親就會輕罵一句三八，訕訕的笑起來。

前年大妹帶了一部手提錄音機回來；遇到母親從嘮叨轉而為責罵，再進而罵出粗野的話時，我們就趕緊說：等一等，我去拿錄音機來，把這一篇錄下來，放給全鄉的人聽。錄音機一拿出來，母親的氣也消了。

大哥出國十多年，沒挨過母親的罵，我們覺得很不公平。母親說：那麼遠，罵也聽不見啊！大妹帶回來的錄音機，觸發了母親的靈感，叫我們備好錄音帶，要錄一卷寄去給大哥聽。等到錄音的時候，整卷錄音帶錄完了，卻聽不見一句責備大哥的話，只是談些家裏的情形，一切都很好啊！不必掛念啊！出門在外，全靠自己，要多小心啦！我們都笑母親偏心，母親說：出外生活較艱苦，心情一定不怎麼好，何必再刺激他呢。

妻在都市長大，很多生活習慣和鄉下不一樣，又是么女，對家事很生疏，況且鄉下家庭的雜事特別多，妻既要上班，又要負責所有家務，有些地方，當然不能盡合母親的意，難免常遭母親的指責；曾被罵得躲在房裡哭了好幾個小時，我埋怨母親不該這樣對待媳婦，母親說：媳婦和女兒也一樣，我並沒有壞意，我是教伊呀！

多年相處以來，妻不但適應了母親的嘮叨，甚且和母親站在同一陣線，管起我來，更加靠勢。有時覺得母親管得實在沒有道理，又不敢吭聲，只能生悶氣，妻反而幫著數說我：老人家的話，仔細想想，確實大都很有道理，就算是心情不好發發牢騷，多唸幾句，我們也應該體貼老人家長年的辛苦。

出處——吳晟散文選（洪範出版社）

不斷創造，不斷前行——李喬

## 李　喬

李喬，一九三四年出生，苗栗縣大湖鄉蕃仔林人。本名李能棋，以筆名「李喬」發表小說，以另一筆名「壹闡提」發表論述。先後在中學、小學和苗栗農工職校任教長達二十多年。一九八一年退休，現為專業作家。一九五九年發表第一篇小說〈酒徒的自述〉。對社會的觀察，對生命的深沈思考，加上勤奮閱讀文學、心理學、自然科學等著作，豐富、深化了其作品的主題和內涵。一九六二年之後，中短篇、長篇等作品大量產生，一九七八年開始執筆的《寒夜三部曲》乃繼鍾肇政的大河小說之後的另一部巨構。李喬不斷書寫人與生命的脆弱，自述創作傾向是「大多偏重在社會大眾生活面的描繪，為無告的小民作微弱的代言」。曾獲「台灣文學獎」、「吳三連文藝獎」、「巫永福評論獎」、「國家文藝獎」等。代表作有《寒夜三部曲》，已出版《李喬短篇小說全集》十一冊，加上漏列的，計二百餘篇二百餘萬字。長篇小說十四部，四百餘萬字，文學論述兩部，文化論述九部十冊，劇本三部，敘事詩一部。總計九百餘萬字。

# 對話

——李喬 × 楊渡

楊——我們「為台灣文學朗讀」今天來到作家李喬老師在苗栗的家裡，從他的家望出去有一片翠綠的田園，在家裡可以聞到由稻子吹過來彷彿早晨的風，有一種雨後的淡香，我們坐在老師家裡跟他聊他的創作，還有創作的歷程，我們先請老師跟聽眾朋友打聲招呼。

李——楊渡先生的前言講的非常文學。

楊——老師可不可以跟我們談談什麼時候開始寫第一篇小說？我很好奇的是，因為我在您的文學裡看到那麼多技巧，可是您的成長歷程是一位老師。是甚麼時候開始想寫小說、開始想創作？

李——這可以以有形跟無形兩個角度來講。無形的角度是來自於深山孤獨寂寞，童年一直在多病的生死邊緣這種背景，這樣的背景會造成性格上敏銳。敏銳是藝術很重要的一個條件，這是第一個。第二個，我讀的是教育。那個年代我們鄉下讀教育是唯一的出路，我不小心竟然考上了。

楊——那個年代能讀教育，考上師範學校是很厲害的。

李——不但如此，我那段時間是台灣的師範教育方式很特別的狀況。那個時候大陸所謂的流亡學生來，他們的程度比我們高很多，他們是我的同學。還有我們的老師沒有一個不是大陸的名教授，舉個例子，我的體育老師後來變成台大的體育系主任。我的音樂老師李永剛，是政工幹校的音樂系主任。我心理學教授回師大教心理學以外，還是海軍實驗室主任。我的美術老師是李遠哲的爸爸李澤藩，沒話講。我是基督徒，很多東西用佛教來解釋比較容易，就是「緣份」。「緣」就是在短促的人生時空裡有一段相遇，這個相遇能不能發生作用，就要看有沒有「份」。我有兩個特別有緣份的人，一個是國文老師，他是山東人，家裡有錢，中文系畢業不工作十年，專攻京曲，這位周紹賢老師是政大的名教授。我在苗農讀一年級的時候也碰到一個特殊的老師，姓李，北大畢業的，他說，我四年都在逃亡，根本沒有讀過書。我週記簿裡面常常五個字五個字的寫，懶得寫。他就說，你這很像詩。於是他就把詩用平仄韻教我，我就背了。所以我到新竹師範的時候，對著老師十六字平平仄仄平平，我十六歲背的到現在八十好幾還是會。

楊——難怪您的小說裡有韻律感。

李——那個東西把老師嚇壞了，怎麼鄉下的一個小鬼有這樣子的程度？因為有一名句，師範師範，就睡覺吃飯。對老師學生就管吃管住。所以當時只有台大跟師範學院，還有農學院，以外沒有什麼大學。所以名師都跑到師範來，我的老師都大陸來的名教授。因為這個狀況，這個周老師指定要我拜他為師，我磕過頭的。在師範學校最討厭一件事，晚自修兩個小時，軍訓教官要管很討厭，有一個逃避的辦法是，報告教官，某某老師要找我去，那天晚上我就不用被教官管了，這個是我的國文老師。另一位是歷史老師，他是哲學系畢業的，是印順法師的學生，我從哪裡聽了一些東西。因為我無意中發現，學校有一間圖書館，當時我還不曉得叫圖書館，只是發現有一間房子裡都是書，嚇死人了。那位歷史老師經常談到西洋的笛卡兒等等的，我就翻他的書來讀。讀了以後上課我講了兩句，老師非常驚訝，也是抓著我要當我的老師，所以我就從那邊學。在那個年代裡，很多人的文學裡有存在主義，我對存在主義的了解是從西洋哲學史去了解存在主義，和後來從事文學以後，讀卡繆、沙特的了解是不太一樣，我是有這麼樣的一個背景。

楊——基本上您是從正統哲學裡去學到的。

**李**——所以我的作品裡有一個缺點就是思想性太重。所以我最後一本書，年輕人講我，是野猴子有一部分困在一個夢鄉，就是會跑。基本上我不是一個很規矩的小說家，在文學的形式當中，小說最自由，所以我寫小說，大概這樣。所以我很早就覺得，教書有一個好處，有空。我從十八歲起就立志要從事文學，那個時候古體詩我讀的很多，還寫了一百多首。後來看到賴和的詩，我就都把它燒掉了，現在大概留下五、六首把它封起來，身後給那些和我感情有關的人留下來，除此以外的一百多首燒掉了，賴和的詩寫得很好，吳濁流中年的古詩寫的也很好。

楊——老師是何時開始寫小說的？教書的時候嗎？

李——不是。講到這個人生，可能沒有人會相信，我碰到的人生歷程，所有最倒楣的都碰到，在最倒楣當中如何利用那個倒楣成就自己，這倒是可以給年輕人提供一個很好的參考。

楊——太好了，請老師為我們談一談。

李——這個階段有意思。我第一是先受軍事教育，當兵的時候因為體位的關係原本要當四個月，可是我又是高度近視眼，於是國家就說連這四個月都不用去了。後來國家的標準降低，我的體位升高，升為乙等，乙等就得當陸軍兩年，結果那一年空軍要調兵，有一個傢伙好死不死突然急性盲腸炎，需要一個人去接替他。所有鄉里的候補人員我年齡最大，所以我就變成三年，從不用當兵變兩年再變三年，這三年是空軍。空軍穿的衣服讓你的氣質不一樣，我心想，也好。我一到三重報到，又出了問題，美國的F104來台灣了，我們要當修護兵，可是它輪子很小，我一七〇公分的身高太高，當修護兵不行，結果就變成高砲，我們當高砲的有一個專有名詞叫做地下的爬動空軍，所以服役三年，領陸軍餉，我受訓之後就去金門，去金門是八二三砲戰之後兩個月，所謂單打雙不打，我在那邊混了一年，非常危險。所有敵機來臨的時候都躲防空洞裡，只有一種人不准躲，高砲兵。所以高砲兵死的最多，都怎麼死的，都是背上一塊肉被切掉了。中國那個時候是半空中戰力，所以背上都去掉了。我一去的頭一個禮拜，陸軍是十個人編組，正副班長有八個人都給水鬼切掉了，所以我們站衛兵才真的恐怖，我是碰到這樣的情況。那時候我的辦公桌有一個櫃子這麼大，平常兩個人抬不動，子彈一直打過來我一個人就扛著走了，緊張的時候力氣特別大，放下來以後再提都提不動。

李——去學校教書也是，回南部教書，他把我的名字調到山地裡去。我以前可高考及格，法律條文拿給他看，服務期間不能調動，你看著辦吧！我找到教育科，教育科說，現在人員都滿了，沒辦法，跟著規定它調你是不對，那你要到哪個學校我把你放到哪裡，有他的特權啊！那個時候全班補習，我一個月下來，補習費比薪水多一倍半，我下個月就宣布，我們補習費全部減半，結果變成全校的敵人。

楊——這樣叫別人怎麼活呢？

李——那時候年輕，我不肯屈服，所以就跑去私立學校教，我是這樣離開的。後來教育部叫我去成立國民教育研究中心，就是國中研究中心，完成之後解散，後來那些人都派遣到國中去當校長，所以我至少可以當個國中校長沒問題，也還好沒有去當國中校長。講這個我一生碰到的沒人相信，我考上的時候，是以高考及格，私立學校才請我教書。高考及格後來還有一個沒道理的，我考上高考那一年，教育部行政機構的人可以到師範學校去當代用教員，一年以後可變成正式教員，如果這樣的話，我現在可能是新竹教育大學退休的教授，但當時我在當兵，不行。到了第二年，等我回來教書的時候規定又改了，都不適用了，所以我就到初中私立學校去。私立學校那個時候要想辦法自己去考，所以我初中教員也是再用考的。這個初中教員考了以後，照規定，在初中教了三年之後，如果高中有人離職，可以把資料送到教育廳檢核，就可以到高中去教書。我教了三年以後，規定又不行了，所以我要到高中當教員，還是得再考一次。我一生就這樣走過了所有人不會走的這樣的路。本來不用當兵的搞了兩年變三年，三年變高砲，高考過了還再考所有的考試。

楊——所以命運給您這麼多曲曲折折的故事就是要讓您成為小說家的吧。

李——在金門那一年，高考又已經考完了，那邊也沒別的書。於是讀了很多面相、手相的書，後來我看面相、手相很準，還會排八字。

楊——難怪您的小說裡充滿了各種題材。所以命運給您這所有曲折安排就是要讓您成為體會人生的小說家。

李——我曾經對一個沒有見過的新兵當面講說，你當兵三年，老婆會死掉。他一個耳朵打過來，後來就講說：這個神經病怎麼搞的？我上個禮拜老婆才埋葬，我才來當兵的。其實算命那東西我也不相信，但是你有那個基礎，瞬間的感覺會出來。

楊——這些經驗是怎麼讓您後來開始寫起小說的？這些經歷似乎都慢慢累積成為您生命的故事。

李——因為普通一般人寫小說一定是故鄉童年開始，但我寫的時間太慢了，所以故鄉童年，和現實適合的反應同時出現。再加上我喜歡抽象的東西，所以很多都是先有意識、主題、或是很抽象的概念，就把它化成小說，所以我的小說不純。像我最後那一本《情世界：回到未來》是怎麼來的呢？鍾肇政、葉石濤老年都寫情色小說，我說那裏寫不好這裏寫不好，就講，結果他兩位老兄生氣，後來發現真的生氣說我批評他們。我給他們道歉，也不好意思，一直很抱歉。後來我想到一點，善人者人恆善之，你笑臉的人也會逼人笑。所以我也來寫一本和他們一樣的來給大家笑話，所以我最後一本《情世界：回到未來》是一部情色小說。

李——因為我對文字非常敏銳，這是天性，所以要寫那種sex的東西用中文我寫不下去，我並不會英文，但用了很多英文單字，並沒有要隔一層，是直接寫我寫不了。所以那本書會有很多英文單字，不然我說不了。但是我那個情色小說最後的主題很恐怖，是質疑人類的演化，目前的演化是這樣子最好嗎？我這個概念是來自於我五十歲左右，看了一篇文字，所以人間的業、機會，或人間掌握的東西，不是要讀一個甚麼大書。有時候一句話，我講另一句話，更招人笑。Digest。看了一篇一個年輕強壯的人跑去爬山，後來掉入沙漠裡，沒有水，他全身衣服脫掉，乾掉，當他要斷氣的時候，突然間射精，那給我的感受不得了，這一射對我來講是感受上的震撼。我感受到這個東西是生命的結構裡一個莊嚴的東西。

楊——射精是一個莊嚴的東西，在生命的最後一瞬。

李——所以我寫這本書裡就是我把「性」這個東西看得很嚴肅。這裡面就有人開始罵了，我絕對不反對同性戀，我未來的小說就也寫同性戀。但是我反對一種，一個生命還沒來到世界以前，就決定沒有父親、母親，這是上帝或釋迦摩尼都不可以的。生命沒有來到世界以前，就把他的父親母親給刪掉，這個整個和nature、演化都違反。

楊——我在您的小說裡一直讀到一種精神，無論是從《寒夜三部曲》還是最近幾部長篇裏，老師一直有一個很堅持的理想主義的精神。我一直覺得在您的心中有一個判准，對人類的文明、人性有一個判准，可不可以跟我們說一說，您是從甚麼時候開始從內在慢慢培養出來。

李——其實也不是一個理想，基本上我是一個絕對悲觀者，我的力量都來自於對悲觀的思索，因為存在其實是由無而有又回到死，所以死和生對比來講，生一定輸給死。所以生不過在死的那個大裡面找時間空間而已。這樣一個悲劇的事實，如果把可以掌握的有限時間，做的讓它對你自己比較好一點，更重要的是，如果因為你的努力可以讓周圍的人減少一點痛苦，那就是生命的意義，這是我很早就有的思想。我的生命意義就這樣，如果不服氣，請回答我還有甚麼意義？一定講不出來，因為沒有。

李——所以我的生命觀是來自於極端悲觀的積極的人生態度，是這樣來的。我不是悲觀者，我是悲觀論者，我有一套悲觀的論述，又是絕對悲觀者，不但是存在要毀滅，存有都要沒有。我是希望趕快，不但存在界不存在，連存在的存有都沒有，沒有都沒有了，佛教也這樣認為。甚麼意思？我每天起來一想起來，第一個很不平的是植物。動物都有點責任，互相吃的食物鏈，還有點責任。植物在科學的講法，存在界有兩個是正面的，植物跟細菌。細菌在地球來講，比我們有貢獻，讓有機物回到無機物。所以人的身體是甚麼？從無機物突變成為有機物，有機物組織起來成為肉體，肉體加上神經系統成為身體，加上xy，那個就稱之為人，最後再回到無機體。

楊——我很佩服您到現在維持創作的生命力，老師怎麼看待文學創作對這個時代的影響？

李——關於這一點我講比較大一點。一方面是制度上，二方面是生存這個東西，古老的說法講，身體是一個介面，因為身體而分出外面和內面的世界，實際上這很科學，我的內面世界是外面世界的反應，所以外面世界的變動使得我內面的世界不可能不變動。人是先把內面的東西控制好，可是台灣整個生存的空間有更大壓力在身邊，就是中國的壓力。我經常講，習近平先生很有機會做事情，比較法制化讓金錢的維護，讓更多人得到國家資源合理的分配，共產主義就是為了這個理想。所以我想共產主義有兩個信徒，一個叫釋迦摩尼一個叫耶穌基督，他們是真正共產主義的實踐者，以外都是假的。我說馬克思死了變成鬼，鬼看到現在世界上的共產主義作的這麼惡劣，鬼都氣死了，鬼死了要變甚麼？你去查辭海，沒有這麼一個字。東南亞的一個小民族也這麼一個講法，人死了變鬼鬼也死了，所以馬克思這個鬼會氣死。為什麼你出生就幾百億財產，為什麼我一生為奴都活不過來？太不公平。不過有一句話很有意思，東方人講的，因為生命有死亡這件事情，人間最後的公平基礎建立了。不管你多好我多不好，都要死。還是公平的，好在人間有死，否則更豈有此理。

楊——老師怎麼看待未來？以及對文明的觀察？

李——剛才有句話沒有講出來。台灣在大的中國的壓抑之下，我的感覺是台灣人文社會這部份十年來是處在一種停滯狀態。我是從文學作品看出來。這十年來念的文學作品，因為那個強大看不到的力量，但是一定有感，那個東西發生了最大的作用。身體的健康、收入穩定、家裡平安的小確幸，別的不敢去想，所以在文學作品那裡表達出來。因為這樣一來，在文學裡出了一個很糟糕的東西，比如說小說。小說有一個小說的界定，寫成包括許多成分的虛構故事，這是穩定的。那幾個成分是甚麼？要怎麼樣的？現在人寫的小說好像在敘事觀點、人物的性格、時間空間的調度，亂來一通。我老了不想實驗了，文學其實可以運用網路，變成超越平面的。鍾肇政講的，有一點那個味道，我寫到這個人唱歌，你就把他的Melody寫出來，歌聲就放出來，你說哪裡繪畫，就把那幅畫po出來，把平面的文學立體化，把文學創作變成小電影。現在就倒過來講，時間空間都不注意了，完全不寫人物性格，結果講話講了一大堆，最近有一個台灣很大的文學獎，前三名每一篇都是一大段敘述，這一段怎麼連接、時空有沒有改變、哪一個人講話，講話的語調和味道和那個不一樣，這是人物的塑造，一定要不一樣，但都看不到。大家一直講網路會把文學摧毀，其實我想善用網路會形成超越平面的機會。就我剛講的，那聲音、形象全部放進去。不過這個作家就難幹了，得又是音樂家、畫家。你要寫一個晚會，就把晚會演出來，尤其唱歌的時候，把樂譜寫出來，而且唱出來，成分就有了。如果目前仍舊是這樣，媒體又少，看的人又少，所以文學越來越沒輒。

李——有一點現在很難分，意識形態(Ideology)和文化(Culture)。現在在中國往往是意識形態取代了文化，沒有人專門寫出這個文章，我想我是很清楚怎麼分。Ideology是固定的，不因為時間的變化的一個目標所形成的，文化最重要的有culture change，文化變遷，是隨著時間空間的演變而會變化的。所以文化如流水，文化復興是很好笑的，你要恢復哪一段流水？是一直在改變的。所以我以為我是不會很偏，心理對自己的堅持會硬。

楊——老師在即將要寫的小說裡會怎麼呈現亞洲文明的未來？

李——我看西方的講法說，二〇三〇年中國的力量是它國力會達到世界最高，但是接著也會迅速下降。下降的理由，主要是它的環境汙染。我記得日本有一個醫師機構請我去演講，結果鳳凰衛視台也要找我去上它的節目，中國直營的。我說我去講可以，我們要訂五個約，我講的你不能刪，全部要登，但是我保證不談政治。對方說好啊，結果我真的簽了，後來也真的完整播出我講的，我從頭到尾都講，中國西北的沙漠化危機，現在中國沿海的綠化如何迅速提高，往內陸推廣讓中國綠化起來，水如何保持，我只給它講這個。

李——台灣也是一樣的問題。他要用七點九公里，整個苗栗公館埋個五公尺的大水管，從後龍溪蓋到那邊蓋水庫，這個台灣有一個東西實在很淒涼，很多建築師為了建築而建築，建築完了也沒人去管。因為建築的過程很多錢可以拿，這是事實。民進黨將來會不會拿？還是會拿，我希望拿少一點。據說當年開拓公館是河洛人跟客家人各佔一半，因為河洛人聽說這個地方以後一定會接水，所以就退縮了，我寫《寒夜三部曲》出發點就是這裡，就是我住的地方。原來那個地方那條後龍溪，有一半是流入我現在住的，那邊是高地，那邊一水災我這裏就浮起來了，所以我們南客家庄耕田的一生產就發災。結果一百五十年以後我住在這裡，住的地方叫泉水碑，我的八字缺水，因此我的小名叫泉水，所以老年的泉水窩在泉水碑裡面。

李——我（指著牆上的畫）先用一個手指試著在畫紙上塗，越塗越覺得很好，回到家裡就買張大紙照樣把它放大，那魚怎麼辦呢？我借用吃飯的筷子把它勾勒，刮一刮，我題名叫「慾望的魚」，三年以後就變成「神秘的魚」，是一幅抽象畫。

（李喬朗讀《寒夜》序章〈神秘的魚〉）

李——我那部《散靈堂傳奇》衍出一個古老的哲學，是森林學、精神醫學、還有寫作。寫作有一個東西，我現在看《孤燈》逃亡的那一場，遠遠看好像不是我寫的。所以我觸及到古老哲學裡有一句話，主體的我，那個subject的我是不可能認識的，我不可能認識我，只有當這個我已經客體化了以後，才能夠認識，有兩位仁兄可以認識，就是耶穌基督和釋迦摩尼。但我現在發現，我寫人物逃亡，我做很多史料，可是拿起筆要逃，要怎麼逃？一拿起筆來好像頭上戴了礦工的頭燈一樣，亮亮的，路就出現了，哪個地方有甚麼東西就出現了，我就感覺到那個我們不能掌握的我在某一種狀況之下會浮現，那是什麼？我抓到一點，這個也是我一生講究的技巧，我認為最高的技巧是真誠，這是老年人才講得出來的。我一生都講究文學技巧，彭瑞金他們都批評我的《V與身體》，他罵我說小說不能這樣搞，結果那一年投票還是都投給我，五票全部給我。只有一個，只有你絕對真誠，講起來容易真的不容易。其中最難的一個，就是真誠，我用這種句子寫下去，發表不了；你這樣寫就可以發表了，不真誠，要這個才對，可是會發表不了。這個也是真誠，對自己真誠，對自己的感受真誠，這點我越老越可以真誠不甩它。

楊——最後請老師給未來年輕的寫作者講幾句話。

李——文學是人類活動裡面非常美好的東西。社會型態的變遷，文學的創作很顯然會成為小眾，我建議大家，不寫無所謂，至少要欣賞文學，當成你生活裡很重要的一個休閒。至於寫作，要寫的人心裡有數，未來的讀者不會很多，一定是小眾，如果你覺得你的性格傾向是文學，就繼續寫下去、繼續寫下去，你要如何吸收網路時代裡的優點，不要讓它打敗。要寫出網路有的優點，並且創造出網路所不能表現的，把它表現出來。這兩點要達到，需要有一系列條件。最簡單的條件，一是你要很誠實的生活，好好過日子，隨時生活在反省中。第二個是你要閱讀。有人說寫作的人不要讀很多理論的書，我個人的經驗，剛開始寫的人不要去讀文學理論的東西，寫了一段時間，一定要讀文學理論的書，才能一直不斷進步。第三，文學逃不了描寫，內心的或外在的描寫，所以要有觀察的態度。寫作、觀察、閱讀、思考和誠實的生活，這五點我認為是寫作所必需的，每一點都互連。

楊——從李喬老師的寫作裡面，我看到因為寫作所以所有的苦難都會變成力量，所以無論如何，寫作是一種生命力的最好呈現，我希望很快可以看到李喬老師未來的作品，充滿生命力的。

李——楊先生的話有一種說法，人生的苦難只有對一個行業是正面的，那就寫作。因為寫作，那些苦難都變成他的滋養。所以文學雖然是苦的，但是得到的回報是人生的滋養，是人生的資本。

# 不斷創造，不斷前行——李喬

楊渡

李喬是一個矛盾的人。他總是在寫完長篇之後，彷彿無比累了，就唉嘆著說：我不行寫了，這是封筆之作。可是他的創造力未曾停止，人生的思索不斷前進，那一天在苗栗的鄉間散步，靈感來了，於是又寫出一部長篇新作。沒辦法呀，它自己要來的。李喬會頑皮的說。

他父親是日據時代農民組合的成員，反抗日人對農民的剝削，可是光復後卻因為政治的幻滅而逐步頹廢下去，他童年吃過的苦頭，讓他又愛又恨。可是他的長篇故事《寒夜三部曲》正是以此為背景而寫下，轟動文壇。

李喬的風格多樣，敢於觸碰禁忌。不管是政治的禁忌，慾望的禁忌，情愛的禁忌，他都非常願意去嘗試。現在，他說，唯一還沒碰的是宗教的禁忌，準備以此寫一部長篇。至於要如何讓這個宗教與另一個宗教，兩種文明之間，透過情愛，透過慾望互相糾纏，互相擁抱，發展出複雜萬端的情節，那就是小說家永恆的考驗了。

# 李喬小說選

# 寒夜〈序章〉：神秘的魚

緲緲宇宙，茫茫時空，亦動亦靜，亦去亦來，一是萬千，萬千是一。無限個有限，合成一個無限；無限個無限是為一，是為太極，是為圓，是為有；有是無限，也是有限。所以乾坤是一座劇場，生命是一齣戲劇；綿延賡續，虛虛實實，亦滑稽亦莊嚴的悲喜演出。

據說，那個時候，所有的存在體，凝聚成一個無限密度的圓；一個無大小無形迹無外緣，無物不吸入的「黑洞」。之後爆炸開來，以圓的全面向外擴展，延伸，離開，形成星雲，形成銀河，形成太陽系。空間本身是彎曲的，所以宇宙有限而無窮；時間的橫切就是空間；空間的縱列即是時間，於是一切色相有無，都是有可能的。

據說，地球就是爆炸開來的一塊小破片。由炙熱而冷卻；由雲母片麻岩，花崗片麻岩，角內片麻岩，石墨片麻岩等結晶岩，組成萬古沉寂的太古代地球。之後，始生代時出現生物，到了古生代，生物繁衍。在古生代的第三紀「錫魯紀」，第四紀「泥盆紀」，是生命的旺季；魚類的王者鱒，就是這個年代出現在地球的。

古生代末期中生代初期，半流體的地球內部，發生劇烈地滑移，磁極變化，地軸不穩。於是地殼變動，陸地移形，氣候異常。這時，許多生物滅絕了，但是更多的新的生物又紛紛創生；例如哺乳動物，就是新客。人類，是在新生代前紀才出現的。

那古老的鱒族，並未在地殼劇變時期滅種，祇是隨著大變動，許多族群被迫流離各地而已。

那時，神州大陸已然形成，大褶曲的巨型嶽脈隆起凸出，像地球的巍峨頂蓋：喜馬拉雅山埃佛勒斯峰，天山，阿爾金山，崑崙山，庫魯達格山，覺克羅達格山……大雪山等平均七千公尺的冰源，迤邐到祁連山、巴顏喀拉山，插入東海的泰山、玉山。聽說，到了一萬年前，那是第四冰期結束，後冰期的時候，冰層溶化，海水陡漲，神州大陸陷入大洪水中，東海面積擴大，把大陸陸柵浸蝕成海棠葉緣；東海中祇剩下點點島嶼，像番薯，像馬蹄，像串串葡萄，像片片孤雲；那條大番薯，就是臺灣島。

當大洪水驟來時，羣獸自然向高處逃命；臺灣高山上埋藏的掩齒象，犀牛，野牛，野鹿，劍齒虎的屍骨化石，正是這樣留下的。

古老的鱒，是奇特的生命體：夏季，上溯淡水河中遊戲、覓食、戀愛；晚夏在清澈的急湍沙灘上結婚、生產；到了秋末冬初，攜妻率子進入大海，然後成羣結隊，組織朝聖團，回到古生代「錫魯紀」「泥盆紀」祖先創生的古老家鄉。年年這樣，歲歲如此；千萬年不變，永遠不會迷途。

故鄉，有奇異的吸引，神秘的呼喚。牠們遨遊四海，但一定歸依故鄉。這是生命的本然，超意志的力量。

可是，第四冰期的後冰期，滄桑巨變之際，牠們正在淡水河上展示生命的姿彩，努力繁衍後代，結果不幸被「陸封」在變成海島的深山淵谷中。這就是臺灣大雪山麓「高山鱒」的由來。從知名的梨山，步行三十分鐘就到達環山；在環山的「果桁瓦西溪」裏就有這個鱒。

高山鱒，就是這樣被隔離的孤單而寂寞的魚。

每到秋風起冬寒來的時刻，深山絕谷裏的鱒魚，晚上就開始作還鄉的夢。牠們祇能作夢，當然夢是很美的。夢裏，萬里逍遙，雲天無阻，很快就回到故鄉的懷抱；牠們會側頭仰望三千九百多公尺的大雪山，隨著二千五百公尺的雪線，一直望向天邊。牠們眼底網膜，腦壁灰層留有先天的一幅故鄉幻影：白山黑水邊，海洋江河寒暖流的交際，那裏是故鄉，是生命的發祥地，永恆的母親。

鱒魚的夢，可能也是人類的夢；鱒魚的幻影，可能正是我們的心象。胡馬依北風，越鳥巢南枝，不可如何的先天眷戀，歷史的痛苦感情。

鱒魚，是神祕的魚，鄉愁的魚，悲劇的魚。

鱒魚，在寒夜，於荒村，憑著方寸一盞孤燈，望向迢迢遠路……

這是鱒魚的傳說，也正是我要敘述的「寒夜荒村一孤燈」的故事。

# 文學的執念，藝術的執著——宋澤萊

## 宋澤萊

宋澤萊，一九五二年生，本名廖偉竣，雲林二崙鄉人。大學時期已完成三部現代主義作品，小說天才鋒芒初露。一九七五年以「打牛湳村」系列成為「鄉土文學論戰」末期叩響台灣文壇的新生代作家之一。雖一度參禪而作品銳減，但一九八五年以《廢墟台灣》復出文壇，旋即獲選當年度台灣最具影響力之作。時至今日，各種公害與核能危機的末世預言與政治批判不曾過時；而由禪宗改信基督教後，融合宗教體驗、魔幻寫實所完成的《血色蝙蝠降臨的城市》，嚴肅卻又通俗地刻劃出台灣選舉歪風、黑金政治，並藉由種種「異像」與「神魔」，緊扣台灣歷史，進行深刻的政治與文化批判。二〇一二年出版最新長篇小說《天上卷軸》。在小說之外，亦有散文、新詩、各種論著，如散文集《隨喜》、詩集《福爾摩莎頌歌》、論著《禪與文學體驗》以及台語詩集《一枝煎匙》、《普世戀歌》等，二〇一一年出版的《台灣文學三百年》獲巫永福文學評論獎；並主編文化雜誌，以及對台語文的推廣與嘗試更不遺餘力。曾獲時報文學獎小說推薦獎、聯合報文學獎小說獎、吳濁流小說獎、吳三連小說獎、國家文藝獎等。

# 對話

——宋澤萊 × 楊渡

楊——我們今天來到鹿港訪問宋澤萊先生。我跟宋澤萊先生是將近三十年的老友了，早年我們看到《打牛湳村》以及這些鄉土文學作品影響了台灣的社會非常深遠，同時也影響當時文藝青年的創作。之後宋澤萊先生的創作層面逐漸從鄉土往外延伸，變成對台灣社會預言一般的批判，所以寫了《廢墟台灣》。經過多年回頭一看，我們才發現，尤其是公害、汙染，那種末世的預言，好像預言了台灣社會後來的演變。後來又逐漸向宗教轉移，生命向更大的宇宙去開展。

**宋——大家好，很高興有這個機會跟大家談談話。**

楊——很多年輕人最好奇的往往是一個作家怎麼開始寫作的。回到您年輕時候寫作的初心，是如何開始的？

**宋**——寫作剛開始是基於需要。我最早寫文章是用它來治療我身上的疼痛、還有年輕時心裡的毛病。我發現寫寫小說、寫寫詩，疼痛就不那麼疼痛了；心情的憂鬱就不那麼憂鬱了。早期是因為需要才寫。寫了之後有人說不錯，拿到雜誌或報上發表，人家也登了，就越寫越多。後來寫太多了，有些就成了表演，因為已經沒有那個需要了。變成好像表演寫作技巧那樣的東西。但我會想需要還是存在，比如說現在雖然老了，如果寫寫小說、詩歌，人還是活得好一點，會比較開朗，病痛也不再那麼痛。這是一直都存在的。我十七歲開始就腎結石，到現在都有，我的腎結石是會破的，有稜有角的，不是圓滑的，它破掉之後，經過尿道會排出。排出來後會切割輸尿管，上廁所時就會變成紅色的。那時候我在師大，上廁所前要先看有沒有人，曾經有人在我開始上廁所後，那個人嚇壞了。因為整個溝都變成紅色的。身上也會很痛，痛到我沒辦法連續坐椅子上上兩堂課。如果我坐兩個鐘頭，會無法支撐。我就要回到宿舍躺在床上吃止痛藥，四年都如此。我有神經衰弱、畏光，身體很差、氣色蒼白。我一直想不出有甚麼方法，我跟家裡面的人講，家人覺得那沒有甚麼，不管。我都自己買藥來吃，你想，能夠使腎臟不痛的藥多強，吃下去一定是麻痺中樞神經，吃久了之後人都是恍惚的，那時候常常覺得自己距離死亡很近，所以我當時寫了好多以死亡為主題的東西。我對死亡的感受太熟悉了，覺得死亡就在隔壁，也許明天就死了那種感覺。不是一般人說，為賦新詞強說愁的那種，是真的很痛，神經衰弱到極點。那時開始寫小說，在寫的時候就忘了身上的痛，寫完之後也覺得輕鬆。好像把應該講的話講了，起了一種治療的作用。後來有人研究，當敘述一件東西的確可以起治療的作用。像佛洛依德讓病人躺在床上去敘述，這個人的病就會好了。原因是因為透過敘述，這個病人去重組以前很多他沒想到的，被遺忘的，或者是很深的痛苦，重新整合起來、包裝起來，再講出來，利用這種機會重建自己。我的確發現當我寫完之後，心情就比較開朗，在寫的同時痛也忘了，或在思索著你要寫的題材時，痛也忘了，因為這樣就常常想寫。我記得痛得最厲害是大四要畢業前，我沒有參加畢業典禮，因為爬不起來。我趴在床上寫我第一篇的長篇小說，叫做《廢園》。所以我常說，你要是會寫作就不要停，停了就是個傻瓜，因為它能夠在一生中替你做為一個治療，何不常寫呢？我們身為作家就是，沒人要我們寫我們還是會寫。你就算不給他錢、虐待他，他還是會寫。因為寫作是有生理及心理上的好處。像是喜歡打籃球、喜歡運動的人，為什麼要去？又沒給你錢？道理很簡單，因為對他來說是件很愉快的事情。

楊——我每一次看您的作品，現在仔細回想起來，早期的作品那個敏銳的感覺讓我常常想起一個人，赫曼‧赫塞，他早期寫《車輪下》那種敏銳的青年，很像您早年的自己。後來赫塞還轉向宗教寫佛陀的故事。我覺得很妙，您早年應該也是一個很敏銳的少年？

宋——應該說早年寫作都在追尋自我，探討我是誰？能做甚麼？該做甚麼？就是開始去認識自己。二十幾歲剛開始寫的作家都是離不開我是如何如何，有人說，這叫做成長小說，是藉著小說來探索自我。不管是自我的肉體或者心理，就是一再探求。我早年是這樣，赫曼‧赫塞也是一樣，他早年寫《徬徨少年時》，相當有自省的味道，等到晚年寫佛陀又回歸到宗教，一直到老年還在探索所謂自我的生命，或者宇宙的生命。我比較不同，中間有一段時間我去寫社會寫實小說，像是政治打壓類的、或為農民寫一些小說。大概前期後期我跟赫塞是一樣的，都在探討生命的問題。但中間不太一樣。

楊——中間那個階段好像也是台灣變遷最劇烈的時代。

宋——對，像《廢墟台灣》。赫塞是不會寫這樣的東西的。他都是寫跟他心靈有關的東西。

楊——台灣作家在我們成長的過程中，一定會面臨台灣農村的破敗，農業台灣去繁榮工業台灣。那個工業的部分造成了污染，所以你就眼看著它的沒落、它的受苦，對於比較敏銳的心靈，就無法面對這種苦難而無動於衷。

宋——我覺得是正義感，如果從小就創作，一定慢慢走向社會寫實這類的東西。跟我一樣具有社會正義感的年輕人其實滿多的，像是楊渡等等的，我們這一輩人實在太多了。七〇八〇年代很多，我覺得是一個很好的現象。雖然慢慢的社會寫實小說已經不寫了，回到純粹宗教或生命這一類的問題，不過甚麼時候我再去寫社會寫實小說也很難講，因為我一有靈感，又開始寫了也不一定。

楊——您在早期鄉土文學、寫實主義文學，寫農村的這一段，其實帶給您生命中很重要的啟蒙跟體驗。剛開始寫農村這一段，是怎麼去觀察這個社會，帶給您的生命有怎樣的影響？

宋——《打牛湳村》是我大學畢業以後到福興國中教書才開始動筆寫的，等於是我回到了自己的故鄉，結束了大學的生活，正式接觸到了這個社會。忽然間社會的意識變得強烈起來，那是大學時所沒有的。一到社會馬上就會面臨很現實的問題，忽然間會懂得好多問題，比如說金錢這個問題，可能本來都沒甚麼概念，可是你一接觸社會一定會面臨。現實感的強烈起來使我忽然間能夠回想到幼年時農村的種種狀態。我曾經聽林雙不說，他覺醒比我還晚，他對農村問題的關懷比我晚，比我晚的原因，他一直說是知識不夠讓他沒有辦法去回憶、去了解他幼年農民生活的問題。我大概是比較快。所以就著手開始寫這些東西，對於農村的農民受到剝削，也開始很不滿。我從小就跟我父親逃過稅務人員，他們會來抓人，以前要是甚麼稅沒交，警察半夜會開吉普車出來，會把家裡的家長抓走。我記得我跟我爸爸逃了好幾次。我爸爸雖然當老師，還要躲避警察的查緝，因此躲過幾次警察的逮捕，所以小時候就有些不滿，但我不知道是甚麼原因，我不知道為什麼會這樣。像諸如此類不愉快的事情，大概我懂到一定的程度，才足以把它寫成一本小說。所以我才動筆去寫《打牛湳村》這一系列的小說。我知道這個對我非常重要，第一個是文學方面的訓練，我必需訓練出一種文筆，才能跟一般大眾互相接觸，而不在像大學一樣，寫自我內在世界，給自己的同學看的。我現在必須給農民看得懂、一般人都能看得懂的。所以在文字上我就必須做出改革。還有出了社會，文筆要社會化，當然也要幽默，讓大家看了會發笑那樣的東西，那時候還很年輕，只有二十三、四歲吧！我就裝作自己好像很老，好像已經四十幾歲了，好像歷經滄桑，然後很會說社會笑話這些東西。要把自己的年齡增加，看起來非常世故、老成這樣，不能讓人看出來這個是只有二十三、四歲的小孩寫的，要讓人覺得起碼四十幾歲了。所以寫完《打牛湳村》以後很多人都覺得這個宋澤萊大概已經很老了，四、五十歲的人才可能寫這個，二十三、四歲怎麼可能寫。他們見到我的面都嚇一跳，包括楊逵都嚇一跳，說不太可能。

**宋**——所有像《打牛湳村》這個情節、所有人物，從我小時候就常常發生，都很熟悉這些。所以寫起來沒有甚麼問題，再裝出老成世故，寫出來還能幽默，我覺得很重要，這是要看技術如何的。我寫〈打牛湳村〉這一篇是受到傑克‧倫敦（Jack London）的小說影響，沒有人知道這個秘密，它是從傑克倫敦的一篇小說延伸的，等於是把它擴大，那個形式是非常接近的。傑克‧倫敦當然不是寫農村，但我是把它擴大了，也寫成更幽默。其實在《打牛湳村》的時候，我已經看了不少的鄉土小說，具備那些條件了。他訓練我如何去寫出那些小說。

楊——經過帶有一種虛無感這樣的現代主義的文學，鄉土文學的崛起就是文化上的覺醒，正視台灣社會的現實，做一個真實的呈現，我覺得那是很重要的，自我覺醒很重要。比如說香港就少一個定義香港的文化。

宋——其實這要感謝黃春明、王禎和，他們已經在這方面奮鬥很多年了，經過六〇年代、七〇年代的努力，然後才有八〇年代更多的年輕人出來寫鄉土小說。當然這個反省是很大的。

楊——現在回頭一想，台灣面臨六〇年代，就是從《打牛湳村》一直到《廢墟台灣》，這中間大概有十幾二十年的時光，有沒有覺得它是一個未曾有過的劇變？比如說西方資本主義的發展，工業化文明的發展是用幾百年作為度量走過，差不多兩百年，從工業文明開始，可是我們是三十年之內就把它整個捲過去。捲過去之後，農村的破敗就在眼前發生，可那是我們那時候都經驗到體悟過的，結果它消失了。於是就看到它的破落，看到社會往另一個方向沉淪去了。您的小說我回過頭一看，好像就是在做見證一樣，好的小說不一定只是描述社會寫實的，像《廢墟台灣》很多是心靈的，是人心的某種沉淪，才會造成這種現象，對不對？

**宋**——我在得國家文藝獎的時候有寫過一篇文章，談的是文學跟預言的問題。我覺得文學跟預言是沒辦法分開的。我認為每一個文學家都是一個預言家，聖經的時代、中古時代或上古時代，先知、預言家就是非常受到神的啟示，然後懂得很多未來的東西，預言家地位很高。到了近代已經不是神權社會，這些預言家跑去哪裡了？這些先知就跑到文藝家身上。文學家其實都是在預言某一個東西，比如說歌德寫《少年維特的煩惱》，豈不是預言了以後會出現的悲慘戀愛情況？果然寫完小說以後，戀愛的悲劇一直重複出現，在年輕人身上大體上都是這樣。所以年輕人的煩惱豈不是被歌德預言了？以後所做的只是根據歌德那一個腳本在刪改，每天都在演這些東西，所以更不用說艾略特預言了現代人的生活就是一片荒涼；更不用說赫胥黎寫的《美麗新世界》，那更厲害了。歐威爾寫的《動物農莊》、《一九八四》，還有日本小松左京寫的《日本沉沒》，預言日本地表會斷成幾段然後陷到海裡面去，那些都很厲害的。作家雖然沒有甚麼力量，手上沒有刀沒有槍，但是透過預言是很厲害的。你不可以小視任何一個作家所寫的東西，因為他每寫一篇就是在預言一個東西，他預言了一個悲劇，這悲劇會重複發生，你不該輕視他。所以這是很妙的東西，像我寫的《打牛湳村》有可能在預言甚麼？說台灣農村大概就是走向這樣，不會更好會更糟。《廢墟台灣》寫了，沒預言到台灣的核能發電廠，先預言到福島，下場一樣。而且在寫了後隔年，車諾比核電廠就爆炸。

楊——從這點出發，你怎麼看待人類文明的未來？在幾個世界大文明的戰鬥裡面，你覺得最終還是會由基督新教文明來統合未來世界發展？

宋——我是覺得截至目前為止，很多的文明當中，我相信基督教會再變化，也不會停留在馬丁路德所講的上面，比如說對於人的平等這一點的看法，我相信基督教未來會有更大的發展。因為能夠實現人類未來的平等，每一個人都像兄弟姐妹一樣不分彼此，講這個東西的還是基督教最久，這再深入只有靠基督教去完成。我並不是很滿意目前基督教的發展，尤其因為像韋伯講的，基督教所帶來的資本主義那樣的東西，這必須去反省，進行比較大的改革。不過自由、平等、博愛這些，還是基督教在講。

楊——您的文學作品裡即使是談宗教，談對於禪，對過去佛教的體驗，對基督教的體驗，您的文筆都還是抒情的，我看到您的《天上卷軸》，就想，天啊！這位老兄用這麼優美的文筆去談一個神父到伊朗所看見的內心的某一種悲憫。這種悲憫跟文學裡對人世間的悲憫好像是文學家的情懷，而文學家的這種悲憫很容易跟某種宗教結合起來，不只是您，文學家本身有一種內在的人的悲憫，對人類命運的悲憫，有時因人在受苦中而無法解決的時候，會慢慢走向宗教。走向宗教的同時，又希望在宗教裡得到超脫，可回過頭內在還是很難擺脫文學對人的悲憫，於是會充滿感情，去敘述他筆下的人，去敘述他人的處境、人的生命。

宋——我現在唸一首〈告別二十世紀〉，這是一首台語詩，二十世紀對我們來講是一個很感慨的一個時間，我在一九五二年生，在二十世紀活了四十八年，要躍過二十世紀的時候，二〇〇一年的時候，我就寫了這一首〈告別二十世紀〉，是希望不要再這樣了。可能是悲劇太多。

（宋澤萊朗誦〈告別二十世紀〉）

楊——我有一天在讀《金剛經》時發現用台語念起來分外好聽，節奏很好聽，後來我才想到唐朝，其實是最接近台語的音，後來發現在閩南語裡面好幾個音，但在北京話裡只有一種音，很簡單的。

宋——台語要請鹿港人念文章最好聽。因為鹿港音還保留八音，一般台語大概能夠念出七個音。所以念祭文的時候，要叫鹿港人念，很好聽像唱歌一樣。

宋——開始念大學大概是我最善良的時候。那個時候我有很長一段時間手上不敢拿錢摸錢，就好像原始佛教規定出家的和尚，泰國的和尚、錫蘭的和尚，他們的手是不可以摸錢的。這也就是佛陀當初還活著時的一個戒律。就是說，比丘的手不可沾染金銀，這是一大戒律。當時我是不知道這個東西，但是長期，將近十年以上我是不敢摸錢的，我手一拿錢，錢常掉到地上，人家都覺得好怪，我也覺得好怪，為什麼呢？因為我拿到錢會害怕，手會發抖，就會掉。當時為什麼會這樣呢？因為我覺得我若拿了這一塊錢，別人就少了這一塊錢。奇怪那時我怎麼會這樣想？我覺得世界上的錢是有一定的數量的，我拿了這一塊錢別人就少了這一塊，所以等於是斷絕了某一個人的生命資源，所以拿到這一塊錢的時候我會發抖，就掉了，在我很年輕的時候，十幾歲到二十幾歲都還這樣。我寫《打牛湳村》的時候都還有這個現象，那大概是我最善良的時候。隨著大學畢業，到社會上做事，到了成家立業也生了孩子，要為生活奮鬥一直到現在，現在我甚麼錢都敢拿，所以我覺得說我實在是退步，實在是罪無可赦，死有餘辜。

楊——沒這麼嚴重的。

宋——因為我還是知道我早年是對的，那種感覺真正是對的，我現在是不對的，但我已經變了。我再信多少宗教，我覺得我都是退步了。這人類的內在要怎麼講，好像是天生的。這種感覺唯有我寫小說才會回來，我寫小說會落入一個跟世俗隔開的世界裏，我們虛構很多角色，置身在角色之間這種感覺才會回來。在現實上，我差不多已經喪失了這個感覺，但我常反省，其實是很糟糕的。

楊——關鍵在於怎麼去用這些，既然是施予者，就不能不碰到，要拿米給人能不碰米嗎？這也很奇怪，您這個邏輯把自己太隔絕了，不拿錢怎麼拿錢去幫人？

宋——所以後來我發現小乘佛教裡戒律比丘手不能沾染金銀，我忽然間恍然大悟，原來有這個感覺的人不會只有我一個，最起碼釋迦摩尼也有這個感覺。

楊——其實我以前跟您有點像，我大學時一直覺得人會有錢是剝削來的，所以一直到我四十歲之前從來沒有看到我郵局的存摺，所有的錢都是稿費一拿到就花光，跟兄弟去喝酒或者搞很多社運，到處亂捐錢。每個月拿到的稿費就一直花掉，每次都花光光。我到四十歲才拿到存摺自己管。我完全可以理解您的心情，後來再想說，實在不得不碰到，還是得要自己處理。

楊——再回頭談談您的寫作。您早期一些現代主義風格的作品其實相當精彩。

宋——其實在大學的時候就已經看了不少現代主義式的作品，在大四的時候我的文學技巧也非常好，那時候寫現代文學，不好意思自誇但應該還算很厲害，像我寫《黃巢殺人八百萬》，以現代文學技巧來說，都已經達到了頂峰之上。比如說怎麼寫這個人物，不只要描寫這個人物內在，還得要描寫這個人物的外在，他的外在形象、穿著，這些東西寫起來都要栩栩如生，包括人物出現就要有一個場景，包括情節上是用插敘法，或者順序法，或用倒敘的方法寫，這些都是情節的安排，然後重視結構，對立性要出來，小說要有對抗性，造成一個緊張。那種戲劇化，都要具備，這些在小說的藝術裡都很重要。在快要畢業的時候已經摸索出寫小說的訣竅，契珂夫的也看了，芥川龍之介、莫泊桑的風格我都會寫，在大學四年級的時候我就會了。那是已經有條件了，所以再來寫《打牛湳村》。

楊——大家的基本功都打好了。

宋——底都打得很好。那個時候也模仿過陳映真的小說；怎樣寫出一篇芥川龍之介那樣的小說；怎樣寫出像莫泊桑那樣的小說。我在大學四年級的時候已經寫得不比他們差，已經寫滿多那樣的小說了。像我寫《黃巢殺人八百萬》，技巧就是模仿芥川龍之介的〈竹藪中〉，很多人說一個故事。寫《打牛湳村》的時候，我反而就必須要很鄉土很世故，很老成，語言也要改成一般大眾的，論技巧是退步。本來是技巧至上的那種電影，比如李安，或者侯孝賢，本來拍武俠片或任何一個故事的技術現在移回來農村，去拍一個農村，整個通通要變，包括攝影的角度通通要變。如果李安拍台灣台南鄉土的東西，他以前最好的技巧可能都用不上，他得重新去摸索。李安還沒嘗試過。他還沒有拍他成長的電影，其實這個部份很可以去開發，他不知道想不想拍。

楊——我覺得很妙的是說，當您回到寫作，裡面有一個很好的東西，就是文學的敏銳跟初心。即使那麼久了，比如您寫社會寫實、社會政治的批判，回過頭這一看，去除掉現實的部分，裡面的悲憫跟細緻的文學敏銳仍在，像《天上卷軸》，裡面的抒情，對人的悲憫、情感都在，這是很棒的質地。

宋——我想文學可能是我們最後的堡壘，文學的世界裡有我們的良心在，所以不能夠放棄文學的原因也就在這裡。只有從事文學創作時我們才感到自己比較能夠想起人的善良、優美的一面。原來人還有這一面可以嚮往，這是我們一直寫作的原因。文學的世界畢竟是我們構築出來的桃花源，除非我們能夠進入桃花源裡面，否則就覺得自己毫無價值。活著其實滿痛苦的，跟蜉蝣有甚麼兩樣？所以進入文學的桃花源裡，我們才真正返回到我們自己的世界裡。那裏有我們的信仰，有我們最深的生命感受，有我們希望的一個世界，我想我們持續創作的原因就在這個地方。

楊——我覺得這個世代看到台灣社會劇烈的變遷，所以總是希望能改變這個世界，並且因為懷著一種文學的悲憫或者因為悲憫而對現實的不滿、憤怒，所以想參與現實的改變。越投身到最後，以為改變的現實其實某一些本質並沒有改變，回過頭來一想，才會感覺到文學會比現實的改變更恆久。當政權幾度不斷輪替，甚至不管換過幾個朝代以後，還是會讀到唐朝的一句詩，對唐朝換過幾個皇帝的熟悉程度絕對不會超過李白，所以在文學裡有一個恆久的預言，這個預言是隨著人會一直長久存在下去的。我也是這些年來在參與到社會的各種改變，自己以為充滿著一種可以改變的可能性，後來發現，寫作有它更長遠可以跟人一直走下去、跟生命一直走下去的力量。我們這一代人都有很多類似的經驗，我們甚至於希望透過寫作去改變現世，最後發現，那種不變的質地，內在的本質，才會打動你。

宋——不論如何現實還是會變，只是改變的速度很慢，有時甚至又變回來。等於沒變。從古代到現在都在不斷循環，像中國的歷史，就是從有道變成無道，然後又變得有道又無道，就是一直循環到現在。在有道的朝代，其實開始都有道最後都無道了。文學家能夠守住一個桃花源，可以跟一個絕對現實的邪惡世界形成一個對立、對抗、或對照，我們在這個桃花源裡常常想要伸出手腳去動一動現實社會，希望有一些改變，這就是文藝家的功勞。有正義感的政治家應該也都是屬於桃花源裡的一個份子。如果這個世界沒有文藝，我們將會很困難的度過，甚至將度不過。還好有莎士比亞，所以西方人才比較容易生活下去，《羅密歐與茱麗葉》已經拍過無數次，在這些作品當中求取愉快，從邪惡的世界回來，回到家裡，打開電視，打開音樂，打開文藝作品。不是我們都要回到這個桃花源裡面，是假定我們家就是一個桃花源，我們回來就跟現實無關，現實實在太可怕、太荒謬。我想回到文藝的世界等於回到家那種感覺，不必在現實世界裡飽受折磨。我覺得文藝會永遠存在，沒有人可以不依賴文藝而活。你十天不聽音樂試試，一個月不聽試試，到最後你會覺得，情願聽一首音樂，然後死掉。

楊——我們今天來到鹿港訪問宋澤萊先生，很謝謝他跟我們分享從農村到台灣社會，一直到他探索人類文明未來的想法，這些探索之中最重要的就是，文學是我們永恆的家園。回到這個家也不一定有答案，但很欣慰心靈有了依靠，所以可以讓人走得更長久，走得更安心，並且向未來繼續邁進，謝謝宋澤萊先生。

# 文學的執念，藝術的執著——宋澤萊

楊渡

訪問宋澤萊那一天，我們站在他家門外，鹿港街巷的透天厝，安靜的午後時光。按電鈴，沒有人回應。幾次後，我們甚至懷疑有沒有人住。再對住址，沒錯。

過一下子，宋澤萊騎著一輛老舊的自行車從巷子口轉進來，手上提了一袋什麼食物的樣子。我們以為他剛剛從外面趕回來，便趨前致意。他略帶一點靦腆的微笑著說：「你們來多久了？」

「哦，剛剛到。」

「沒等很久吧？」

「沒有沒有。」多年未見的朋友，都知道在文學上有繼續寫作，有一種互相了解的感情。

「看天氣熱，我去買一些涼的，給你們喝。天氣要轉涼了，這一家冰店要改賣別的了。今天是最後一天呢！」

像好久沒見面老友，和宋澤萊很迅速的聊了起來。聊他的創作，思想的轉折，生命的感悟……，不知道為什麼，彼此熟悉得如同鄰家。在創作的路上，彷彿有一種感覺，是我們這樣的年齡的人，一見面就了解了。

我們都知道創作的艱難與寂寞，也知道此生該堅持的不多，能堅持的也不需要很多，唯有寫作，如同生存之根，要堅持到最後。我們都知道，再多的祝福，莫如祝他更有創造力，寫出更多更好的小說。

# 宋澤萊臺語詩選

# 告別二十世紀

感謝二十世紀
遮呢長e時間
予我會湅出世、生長
值妳e懷中我感覺有歸屬
最後e這年
妳寬宏大量
予我離開

一百年
有兩遍世界大戰
東西冷戰
無數e大小戰爭
遮我嘸是攏有體驗
干擔八揭槍
做二年e兵

# 譯——告別二十世紀

感謝二十世紀
這麼長的時間
讓我能出生，成長
在妳的懷中我感覺有歸屬
最後的這一年
妳寬宏大量
讓我離開

一百年
有兩次世界大戰
東西冷戰
無數的大小戰爭
這些我不是都有經驗
只曾拿槍
當二年的兵

感謝天
我平安度過

一百年
有一遍經濟大蕭條
美國滿街攏乞食
有人民大飢餓
露西亞、中國實行
共產主義
我e體驗真淺
干擔值囝仔時代
無米通食
但是，猶有番藷簽
感謝
我無飫著
雖然有卡欠營養

有真濟e政治悲劇

感謝神
我平安度過

一百年
有一次經濟大蕭條
美國滿街都是乞丐
有人民大飢餓
露西亞、中國實行
共產主義
我的體驗很淺
只是小時候曾
無米可吃
但是，仍有番藷簽
感謝
我沒餓著
雖然比較乏少營養

有很多的政治悲劇

軍人獨裁
甚至恐怖統治
有算𡁻了e志士
入監牢
哭聲值地球e
每一個角落
我e體驗無深
干擔八揭
幾遍旗仔
值街仔路
恬恬抗議

有真濟藝術
達達、超現實
意識流、表現主義
存在主義、後現代主義
迷惑、喝喊、瓦解
自殺、起消

軍人獨裁
甚至恐怖統治
有數不完的志士
入監牢
哭聲在地球的
每一個角落
我的體驗不深
只曾拿
幾次的旗幟
在街道上
靜靜抗議

有許多的藝術
達達、超現實
意識流、表現主義
存在主義、後現代主義
迷惑、呼喊、瓦解
自殺、發瘋

我嘸是攏有體驗
猶原值桌仔頂
用尚簡單e字
寫我e詩

我八去阿公埋骨e
百年大墓仔埔
歸千歸萬人
埋植土腳
個值二十世紀留落
外濟e委屈
原諒我嘸是完全清楚
我猶原值世間
繼續活落去

二十世紀
我假那受害無夠深e
世紀

我不是都有體驗
仍然在桌子上
用最簡單的字
寫我的詩

我曾去祖父埋骨的
百年大墳場
成千上萬的人
埋在地下
他們在二十世紀留下
多少的委屈
原諒我不是完全清楚
我仍在這個世界
繼續活下去

二十世紀
我好像受害不夠大的
世紀

無資格大聲
責備
但是，原諒我
值夜晚銀河燦爛e時
揭頭
我不時道想卜
飛離開妳

二〇〇〇、十一、二十

沒有資格大聲
責備
但是，原諒我
在夜晚銀河燦爛的時候
抬頭
我常常想
飛離開妳

二〇〇〇、十一、二十

# 雲林來的孩子

——季季

## 季季

季季，本名李瑞月，一九四四年出生，台灣省雲林縣二崙鄉永定村人。一九六三年自省立虎尾女中高中畢業，放棄大學聯考，參加「文藝寫作研究隊」獲小說組冠軍。一九六四年起專業寫作十四年。一九八八年參加美國愛荷華大學「國際寫作計畫」作家。一九七七年進入新聞界服務，曾任《聯合報》副刊組編輯、《中國時報》副刊組主任兼「人間」副刊主編、時報出版公司副總編輯、《中國時報》主筆、《印刻文學生活誌》編輯總監。二〇〇七年底自媒體退休，任國立政治大學「文學創作坊」指導教師，蘆荻社區大學「環島文學列車」講師。二〇一二年起專事寫作。出版小說《屬於十七歲的》、《異鄉之死》、《拾玉鐲》等十三冊；散文《夜歌》、《攝氏20——25度》、《寫給你的故事》、《我的湖》等五冊；傳記《我的姊姊張愛玲》（與張子靜合著）、《休戀逝水——顧正秋回憶錄》、《奇緣此生顧正秋》等三冊；主編年度小說選、年度散文選、時報文學獎作品集、《四十歲的心情》、《說夢》、《鮮血流在花開的季節——六四・歷史的起訴書》、《紙上風雲高信疆》等十餘冊。

# 對話

——季季×楊渡

楊——大家好，我是主持人楊渡，我們今天邀請到的來賓是知名的作家季季。我從大學一年級到台北念書的時候，就聽到她的名字；而且作為一位文藝青年，就去拜訪心中崇拜的女作家。看到季季的時候，她對我說，你應該讀這個那個書，我記得很清楚她當時告訴我，你要訓練寫作，應該好好讀一點張愛玲的作品。對於一個從台中鄉下上來到台北的孩子，要開始讀那些作品，彷彿看見另一種寫作的可能，而季季對於年輕的寫作者從來沒有改變她身為前輩作者的一種熱情去指導他們，去告訴他們可以往哪裡走，是非常細心的。甚至現在還有年輕的寫作者喜歡把自己的作品寄給季季，而季季仍一如從前的熱情繼續給年輕人指導。我聽她說曾經指導過的年輕寫作者現在已經可以得到幾個大報的文學獎。所以幾十年來如一日的熱情，不只是對寫作，也是對年輕寫作者，令人非常感動。請季季跟大家打聲招呼。

**季——各位聽眾大家好，很高興來上這個節目，也很高興聽見我的老朋友楊渡對我的介紹。我記得大概在一九七〇年代，楊渡還曾經帶過輔大的學妹到我家來採訪過我，剛剛一說原來就幾十年過去了。第一，我們都老了；第二，真的都是老朋友了。**

楊——季季身上有一個很特別的氣質，她看起來對人非常nice，對寫作非常執著堅持，可是她大概是台灣還沒有人標榜拒絕聯考的時候，她是第一個拒絕聯考的女作家，為什麼呢？因為她要參加文藝營，為了參加文藝營以及為了愛好文學而拒絕大學，季季可以跟我們講一下這個故事嗎？

李——每次人家講起這個故事我都首先要更正，我不是拒絕聯考，我是被迫放棄。大家為什麼會說「拒絕聯考」這四個字，是因為在民國六十幾年吳祥輝先生出了一本《拒絕聯考的小子》，那本書非常暢銷，我比吳祥輝大很多，所以認識我的朋友就說，妳也應該寫一本「拒絕聯考的少女」，妳比吳祥輝更早拒絕聯考。當時我就說我不是拒絕聯考，我是被迫放棄。經過這麼久，可能很多人都不知道甚麼叫被迫放棄？我簡單說一下，就是民國五十二年我應該是高三要畢業，準備參加聯考，我讀虎尾女中。當時的文藝營不像現在，現在的文藝營只有三天，很快就結束。我們那個時候是一個禮拜，一個禮拜裡有老師上課，然後必須在一個禮拜裡寫出一篇作品去參加比賽。當場在哪邊寫，現在是你要報名之前就可以先把作品寫完交出去，我們是當場。我就跟我爸爸要三百塊錢，當時的三百塊是很大的，那時的公務員在鄉公所做一個小職員薪水一個月大概也就是三百塊。我爸爸二話不說就給了我三百塊。我記得當時聯考報名是七十塊，爸爸已經讓我交了七十塊報名聯考，後來我就說要去報名文藝營，三百塊我爸爸也給我，總之我已經付出三百七十塊了。那個時候文藝寫作研究隊是青年寫作協會辦的，也就是救國團，當時救國團的勢力是非常龐大的，所以做事情也就有點粗暴，為甚麼我這麼說呢？就是我報名以後接到上課通知才知道上課的日期是七月上旬某一天開始一個禮拜，結果上課的時間剛好跟大學聯考的兩天重疊，那時候文藝寫作研究隊上課的地方是當時的實踐家專，在大直，就是現在的實踐大學。你想想當時沒有高鐵、高速公路，我沒辦法從台北回到台中考試，心理上我也不願意為了大學聯考放棄文藝營兩天。總之，到最後我就放棄大學聯考，背景是這樣的。不過有所失也有所得，我在文藝營的七天當中，我寫了一篇小說叫〈兩朵隔牆花〉，結果就得到小說組比賽第一名，獎金正好是三百塊。三百塊之外還有一個用玻璃框的獎盃，大概有兩百公分高，然後一百公分寬，很大一個，裡面是金屬的一個獎盃。我那個時候心裡想，這個獎盃我要如何拿回家？結果後來我到實踐家專的廚房，他們給了我一個草繩，很粗的草繩，我就用那個草繩把獎盃捆半天，結業那天就拎著背包和那麼大一個用草繩綁的獎盃，回到家。我爸爸媽媽還有我妹妹一看，這是甚麼啊？我說是獎盃！這就是我放棄聯考的過程。現在說起來是笑話一則。

楊——那年您十七歲？

季——我應該是十八歲了。反正是笑話一則，不過後來我回想起來並沒有後悔，如果就寫作這件事，不一定要讀大學。我如果去讀大學，說不定我反而不能寫作也不一定，但是我沒有後悔我做了這樣的選擇。

楊——妳出的第一本小說應該就在那前後？一九六六年是嗎？

季——我得獎之後回到我的家鄉雲林縣二崙鄉永定村，我就每天都在寫作，我讀的省立虎尾女中是我們雲林縣最好的學校，人家都會想說，妳虎尾女中畢業也不出去上班，整天都在家裡寫是在寫甚麼？我的鄰居都問我，妳是在寫甚麼？我實在也講不清。我常說如果寫作這件事可以說得清楚你在寫甚麼的話，那就不用寫了。寫作一定是寫很多我們心理，那種無以言狀的東西，所以我當然沒辦法跟那些阿婆講說我在寫甚麼。後來他們就延伸一個他們認為的邏輯，說都不出去工作，整天都躲在家，女孩子家快二十歲了，可以嫁了，所以一天到晚就有人來給我說媒。

楊——他們認為妳不讀書就是嫁人。

季——因為那個時候很多女孩子在那個年齡就是要嫁人，所以很多人就來給我做媒。我心想糟糕了，如果我真的讓他們做媒成功怎麼辦？

季——總之後來第二年三月，我看到台大當時有一個夜間部補習班在招生，我就把招生廣告拿給我爸爸看，我就說我要到台大，我要去這邊讀書。我爸爸就問我說，妳去那邊讀書，生活怎麼辦？我就把從高中畢業以後我寫的稿子投稿，有一些已經發表還沒拿到稿費，有一些是稿子已經寄出去還沒有發表，我就列了一個單子給我爸爸看，說我有這些那些加起來稿費大概有多少錢，我說我剛去，大概我的生活不會有問題，我繼續寫一定還有稿費。我爸爸就很放心地說好，但他還是給了我兩千塊當做路費，他就說這兩千塊妳先拿著用，以後如果妳稿費沒有收入，真的生活有問題妳要寫信回來給我，我再給妳寄錢去。我爸爸真的對我非常好。後來民國五十三年我畢業後的第二年春天，三月八號，很巧那是台大夜間部補習班報名的最後一天，我就到了台北去報名，然後就開始專業寫作的生活。中央日報當時是號稱全國第一大報，所以我到台北以後心裡想，好，那我去投稿台北第一大報。中央日報副刊主編是孫如陵，當時他是以處理稿件快速而精準聞名的；孫如陵作為一個非常知名的副刊編輯，他曾經講過一句話，他說，你拿到一篇稿子就如同拿到一個雞蛋，這雞蛋殼一剝開，就知道這雞蛋是臭的還是好的，如果是臭的就不必再繼續剝了，如果是好的就繼續看，這是他的編輯理論。所以我的稿子大概不是臭雞蛋，很快就被登出來了。所以我三月八號到台北，三月三十一號我的第一篇稿子就在中央日報副刊發表，然後再接下來四月五號又登了一篇。我一共在中央日報就只登這四篇小說，後來都沒有再給中央日報寫過稿子，為甚麼呢？那是因為後來沒有多久，皇冠的平鑫濤先生跟我簽基本作家合約，這個基本作家合約有一個條款就是，我所有的稿子都要交給皇冠的發行人平鑫濤先生，由他來幫我處理，所以後來我的稿子都在皇冠、聯合報副刊等等發表，我就這樣做職業作家做了十四年，一直到民國六十七年，我到聯合報副刊工作，就是我正式進入新聞界的開始，一直到後來我到中國時報，在中國時報服務滿十五周年到六十歲退休。中國時報退休之後初安民先生又請我去印刻文學做編輯總監，又做了兩三年。總之我的編輯生涯合起來將近三十年。

楊——我覺得妳很有意思，在那個鄉下開始寫作的人都怪怪的。妳知道以前我都跟我爸爸說我要寫作，我爸都說你要寫甚麼？我說我要寫小說。他說你要寫小說？你知道台北寫小說的人都住在哪裡？都住在圓環，圓環後面的一個小旅社裡。然後每天睡到下午醉醺醺的起床，去吃滷肉飯，每天過著那樣的生活，你以後要變成這種人嗎？就是我們在鄉下好像對於文化都覺得離得很遠的感覺。您那時會有這樣的問題嗎？在那麼遙遠的地方。

季——我爸爸他十四歲就到東京讀書，他是他六兄弟當中的老么，只有他的二哥是讀台北的開南商工，沒有到日本去。這是我的祖父特別培養的，這個老二讀商業學校，目的是做甚麼呢？是以後要給這些到日本讀書的哥哥跟弟弟寄錢。所以我的大伯父、三伯父、四伯父等等，全部都到日本去讀書，我的姑姑都到台北來讀書，讀蓬萊婦產科學校。所以我的二伯父每個月要給這些將近七、八個兄弟姊妹寄錢，這是我的二伯父對家庭的貢獻。所以我爸爸十四歲就到東京讀中學，因為在東京讀書，所以很多人寒暑假都可以坐船回台灣，但他的二哥就會寫信跟他們說，你們不可以回來，因為你們那麼多人一次回來要花掉很多錢，船票很貴。所以寒暑假都沒有回來。那做甚麼呢？他就到圖書館去看書，看了很多小說。我記得他說的最清楚的是他把福爾摩斯全集全看完，在他十六歲的時候。因為他看過福爾摩斯全集，所以我們說謊話都騙不過他。他的邏輯概念非常強，偵探小說那種複雜的邏輯關係，他搞得很清楚。因為這樣所以他喜歡文學的基因，有遺傳到我身上。所以我跟我爸爸說我想做甚麼的時候，他從來沒有問為什麼，只有支持我。這是我一輩子都覺得我很幸運的能有這樣的父親。

楊——今天季季要為我們朗讀的就是她到台北就學的那段時光裡寫的故事，我們再往下談她的文學理念跟文學成就之前，請季季先來為我們朗讀這一段故事。

季——我要朗讀的這篇散文叫〈鷺鷥潭已經沒有了〉。如果沒記錯應該是二〇〇四年印刻文學的主編來跟我約一篇稿子，他說他們要做一個二十歲的專輯，〈鷺鷥潭已經沒有了〉，寫的就是我二十歲之前。我現在來讀正文。

（季季朗讀〈鷺鷥潭已經沒有了〉）

楊——我們聽完季季的朗讀之後覺得她的生命真是充滿傳奇，像剛剛的那些場景，好像每一個場景都可以拍電影，她二十歲的時候結婚，參與的有林懷民、丘延亮、桑品載，還有平鑫濤和瓊瑤為他們主持婚禮。在河邊鋪上塑膠布，帶上草莓酒，男的去河裡游泳，女的在一旁細細的聊天歌唱，好像一場電影一樣的。那時候是二十歲的青春，彷彿是年輕時候的台灣，年輕的歲月，充滿創造力的時代。妳的個性那麼平淡，可妳所經歷都好比一場場電影一樣。

季——我的個性算是很樂觀開朗的，我想這是遺傳了我的父母親。他們都是非常開朗的個性，懷有慈悲心，喜歡幫助別人，我是遺傳了我的父母親的基因。小的時候我常常到了快要睡覺的時間，突然聽到門扣扣扣響起，就是有人要來借米，沒有米吃飯，拿了一個布袋要來借米，因怕別人看見覺得羞恥，所以都是等晚上大家睡著了，借米的人才來。我的爸爸都是二話不說，把門打開，然後就去米缸至少幫他裝了半袋的米回去，類似的情況還有，比如還有人來借各種的東西，我爸爸從來都沒有拒絕過別人，這是我從小看著我爸爸是這樣對待別人。

楊——我在文壇遇到很多朋友，都覺得妳幫助過很多人，而且跟各方都能成為朋友，去體諒別人、寬諒別人。尤其是妳在副刊照顧過許許多多的人，我在想妳是不是要把這些寫成一個個故事。文壇這麼多故事，妳所看見的這幾十年來的變化、人事的起伏，對不對？

李——其實我做編輯那麼久，將近三十年，這當中我自己幾乎沒有辦法好好寫小說，大概就是寫了一些散文，因為散文不像小說，小說必須把故事、人物、情節、結構、意象、對白等等，好像在織一件毛衣，把線條橫的直的不斷的穿插，需要很多的時間來思考，散文因為比較單純，散文沒有情節的問題，也沒有大量對白的問題，因為我常常覺得很多人寫小說是只有敘述，沒有對白。我是非常反對這樣的小說的，因為小說很重要的是寫人物，而人物的對白反映的是人物的身分，這個身分包括他的年齡、他受過甚麼教育、做什麼樣的工作。比如說一個鄉下的農民說的話跟在衡陽路做生意的老闆說的話一定是不一樣的；是女性還是男性、是學生還是老師等等……這些背景跟身分不一樣，小說的對白的語言也一定是不一樣的。可是我看過非常多的小說的對白，都是小說家在說話，而不是小說人物在說話。也就是小說家沒辦法做到讓不同的小說人物說不同的話。現在更糟糕的是，現在年輕的小說家是連這個都做不到，而且連對白也不會寫了，全部都是用敘述體在說故事，幾乎沒有對白了。我覺得這是很可惜的事情。當然也許我所說的這些是比較偏向傳統的寫實主義的小說的觀點，很多年輕作家可能覺得受到後現代的影響，受到魔幻寫實主義的影響等等，他們就會覺得，不斷地跳躍、不斷的敘述，故事說完了就是小說了。可是這種的小說我常常覺得讀完以後，我一無所獲。我希望在閱讀小說的時候可以得到一點點人的性情、人的道德，或是人的修養這種的啟發。這個是我覺得比較遺憾的事情。

楊——我記得以前讀妳小說的時候會覺得有時會看到契訶夫的味道，尤其妳寫的小人物，那種人物的性格，妳不覺得契訶夫寫的那些小人物都很鮮活？包括他們的對白、語言、形象都那麼鮮活。

季——好可惜我自己都幾乎很少讀契訶夫的作品，雖然很多人說契訶夫的短篇小說寫得很好，可是俄國的文學我讀的很少。我大概讀翻譯小說是從我讀高三開始，林懷民跟我作為筆友以後我們常常交換一些閱讀的經驗，我讀的翻譯小說都是林懷民推薦的，大都是法國或北歐的小說。

楊——林懷民早期也寫小說，出版過小說集《蟬》。

季——《蟬》是後來他來政大以後寫的。他的成名作是〈鐵道上〉，是林海音主編聯合報副刊的時候發表的。林懷民跟我認識也是很奇妙，我大概讀高一就開始在我們雲林縣的《雲林青年》發表小說或者散文，因為林懷民的爸爸當時是雲林縣長，他當然也很注意這些《雲林青年》甚麼的刊物。他就是在《雲林青年》看到我的小說寫信來給我，所以就開始跟他通信。那時他讀衛道中學，從台中回到斗六的家裡，禮拜天或禮拜六會要我去他家聽古典音樂。去他家之後才知道是縣長公館，才曉得他爸爸原來是縣長。這也是很奇妙的事情。林懷民的媽媽非常喜歡音樂，所以他家在我當時去的時候，那個日本式的房子，客廳的牆邊有一個櫃子，差不多有三、四百公分長，裡面全部都是古典樂的黑膠唱片。

楊——那個時候全部都是原版的。

李——不曉得多少張。林懷民就會在塌塌米上放留聲機，那個時候我家根本連收音機都沒有，所以去他家聽古典樂對我來講真的是非常享受的事情。我們就在塌塌米上聽古典音樂。

楊——妳都是怎麼和年輕的寫作者談創作這件事？

李——創作這件事情是不能教的，但寫作是可以教的。因為創作是我們腦袋裡那些思考、那些是我看不見的，要怎麼樣轉動它我不知道。但是你寫出來以後，寫作的表達技巧、對白、結構、意象的鋪陳，這些事可以教的。所以在這方面我就一個一個去改給他們看。這些學生從這些學習裡，慢慢地知道小說的層次：結構會涉及到層次，層次會涉及到意象，因為意象清楚就像可以拍電影的感覺。那在讀小說的過程中 ，會享受到那種節奏感，我想從閱讀當中也可以學習到寫作的方法。

楊——謝謝季季分享她寫作這麼多年來的心得，她講的最棒的一件事情就是說，創作是沒有辦法教的，但寫作有辦法。因為創作是只有在自己心裡面那個原來的創造力、那個生命力。我想我們也希望季季未來能夠為我們寫更多的作品，因為她的一生中遭遇過太多像電影一樣的故事了，我們都還沒看完她電影的故事呢！我是主持人楊渡，今天邀請到的特別來賓是知名的作家季季，不僅是我幾十年來非常要好的朋友，也是我心目中非常敬佩的一位作家，謝謝季季。

季——謝謝楊渡，謝謝各位聽眾。

# 雲林來的孩子——季季

楊渡

認識季季是在一九七七年，我上大學的那一年。已經忘了是哪一個朋友帶著去看她的，只記得請她推薦作家的書，她倒是毫不遲疑的推薦了張愛玲，還熱心的說，你們南部來的窮學生，外面買很貴，我幫你買可以打折。

這樣熱心助人的大姐，後來成為人間副刊主編，我在晚報上班，偶而投稿，大陸作家來訪，常常相遇。她一直像一個大姐，照顧後輩一般看待我和李疾這些叛逆的文青。她的曲折婚姻與身世，我們未曾耳聞，直到幾年前她出了書，才知道她的故事。

然而她總是一逕的寬厚。不是那種文壇大師的寬大模樣，也不是大主編的老大姐，而是一種關懷與情誼的像鄰家大姐頭的親切。她的作品，也因此帶著濃濃的人情義理，像雲林的土地，平坦而自然，純樸如初。

# 季季散文選

# 鷺鷥潭已經沒有了

1

早春的清晨還有一層淡灰的薄霧。父親陪我走出家門。三分鐘到派出所對面，在堂姊夫開的小店前等車。

從永定坐台西客運到西螺，十分鐘。

轉公路局汽車到斗南，二十五分鐘。

在斗南火車站坐縱貫鐵路慢車到台北，七個小時。

父親給我一隻鄉民代表會送的咖啡色提袋，裡面放了一支鋼筆，一篇剛寫好的小說〈一把青花花的豆子〉，一本筆記本，一疊稿紙，幾本書，以及裝在信封裡的二千元。火車內人不多，我把裝了幾件換洗衣物的紙箱放在座位旁，左手擱在紙箱上，右手緊抱著提袋，很快就睡著了；昨晚我興奮得幾乎沒睡呢。

下午四點到達台北火車站，坐三輪車到徐州路的台大法學院。馬各和門偉誠在那裡等我。

「報名都快截止了呀，」馬各焦急的說。

我趕緊去報名，選了三堂課：修辭學，英文文法，理則學。辦好手續，法學院的紅磚樓房已沉浸在淡金的暮色裡。

「妳今晚住在哪裡？」門偉誠關心的說。

「還不知道呢，」我說。

「那就住我家吧，」她說。

那天是一九六四年三月八日。我與馬各、門偉誠第一次見面。門偉誠和我同年，一九六三年育達商職畢業，沒再上大學，以第一篇小說〈湖上〉獲得《文星》雜誌小說徵文第一名。我讀虎尾女中高二時獲《亞洲文學》小說徵文第一名；高三畢業，為了參加文藝營而放棄大學聯考，但在文藝營結業時獲得小說創作第一名。馬各則比我們年長十多歲，那時在《聯合報》做編輯；已在高雄的「大業書店」出過一本散文集《遲春花》；在台南的「新創作出版社」出過短篇小說集《媽媽的鞋子》和散文集《提燈的人》。一九六三年四月二十三日林海音因「船長事件」被迫離開聯副，馬各曾代編兩個多月；門偉誠和林懷民都是當時的作者。懷民那時讀台中衛道中學，父親林金生是雲林縣長，放假日他回斗六，偶而約我去縣長公館聊天聽古典音樂；馬各、門偉誠、隱地，都是他的筆友；通過他的介紹也成為我的筆友。

選擇三月八日婦女節到台北，後來被一些人解讀為女性意識的出發。作為女性，怎麼會沒有女性意識呢？然而最確實的原因很單純：那天是台大夜間部補習班報名的最後一天。

說。

2

門偉誠家住通化街一四〇巷的通化新村。她父親是陸軍中校，在國防部上班，分配的眷舍只有一個大通間，放了四張床，一家六口同住，另在外面搭個棚子炒菜做飯。她那時在大直海軍總部做接線生，下了班忙著談戀愛看電影，總是很晚才回家，沒再寫小說。

到台北的第二天，我就把〈一把青花花的豆子〉寄給《皇冠》；一九六三年十一月在《皇冠》第一次發表小說，這是第二次投稿。通化街有二十路公車，我每天搭去衡陽路，然後穿梭在重慶南路的書店之間，站著享受免費閱讀。台大夜補班的課一周三天，站著看書站累了，我就走到省立博務館，坐在那棟古樸典雅的維多利亞式大樓的台階上，看人，看風景，胡思亂想要寫的小說，時間差不多了就穿過新公園，漫步到徐州路的台大法學院上課。

過了一個多禮拜，馬各說已託他的房東太太幫我找好了房子，三坪大的房間一月二百元。我去通化街口買了一張竹床，請老闆讓我和這張床一起坐他的馬達三輪車，搖搖晃晃到了永和鎮竹林路十七巷十三號；房東一家四口住樓上，我住樓下前面的單間，後面是浴廁、廚房和餐廳。馬各和他的同事韓濤住在對面巷，鄰著打造了「竹聯幫」威名的勵行中學與溪洲市場，房東張先生一家是上海人。我去市場買了一些日用品，馬各和韓濤來看了之後說，「沒有椅子，坐在哪裡寫？」回去合力搬了一隻有扶手的籐沙發椅給我。

坐著那隻籐椅，伏在竹床書寫，我的職業寫作生涯就那樣開始了。三月三十日到四月十九日，在中央副刊發表了三篇小說；五月一日出刊的《皇冠》登出了〈一把青花花的豆子〉；五月十六日又在中央副刊和中華副刊各發表一篇小說。六月十九日，《皇冠》的平鑫濤先生與我簽了五年的基本作家合約，七月號《皇冠》公布的第一批基本作家共有十四位：司馬中原、尼洛、朱西寧、季季、段彩華、茅及銓、桑品載、高陽、張舲菱、華嚴、馮馮、魏子雲、聶華苓、瓊瑤。他們不是已享盛名就是文壇前輩，只有我未滿二十歲，只發表了幾篇小說；而且是唯一的台灣人。這種機緣和幸運，是我離開永定來台北時，未曾夢想到的。

3

在台大夜補班修的三門課，最吸引我的是自由主義大師殷海光教的理則學。殷先生那時是台大哲學系教授，四十五歲，滿頭灰髮，穿著白襯衫米黃長褲，教室講桌上頭懸著一支細長的日光燈，照得他的身形愈顯瘦小。他說話急促略帶金屬聲，講課時不苟言笑，神情有點疲憊，下了課收起書本就走，大概覺得我們只是慕名而來，並非真的想鑽研學術精髓。殷先生娓娓而談的那些演繹，歸納，論證，邏輯，雖然條理明晰，我卻總不能專心聽進去，漸漸感覺枯燥，一個多月後因為去文星書店上班，就沒再去上課了。可見要做殷先生的學生，也得要有些慧根啊！

不久殷先生開始受政治迫害，一年多以後離開台大；一九六九年因胃癌辭世。然而我始終懷念著日光燈下娓娓而談的殷先生的臉孔。他教的那些理論雖然枯燥，卻讓我學會用邏輯的眼光看待人世；演繹，歸納，論證，不至因迷惑而軟弱。

那是我最大的收穫。

## 4

「難道整天寫作妳都不覺得枯燥嗎？」

是的，整天伏在竹床上寫作，確是單調孤獨的，但組合那些文字，人物，表情，慾望，從無到有或從有到無，常常只是一念之間；或甚至只是一瞬之間。寫作的過程，奇妙得像玩魔術，神秘，緊張，刺激，怎會枯燥呢？有時早上起床開始寫一篇小說，中午去永和豆漿旁邊吃麵，就把寫好的小說投入路口的郵筒；過了一個禮拜，小說就在副刊登出來了。

那時十七巷巷尾住著曾在南京辦《救國日報》的龔德柏先生，有時我拿著信封出門，看到他也拿著一個信封，仙風道骨飄然而過，大概也是寫好了稿子要去投寄吧？他那時已七十多歲了，一把灰白美髯配銀髮，穿一襲深藍長袍，一雙黑布包鞋，低著頭，心事重重的往前走。他慢慢的走，我慢慢的走在他的後面。他不知道身後的我。我是在重慶南路書店免費閱讀時，從作者簡介的照片認出了他。等他把信封投入郵筒轉身走了，我才去投入我的信封。一個可敬的、筆耕數十年的長者，沉默，而且陌生。然而走在他的後面，每一次我都有一種追隨者的孺慕與感動。

## 5

我們嘻嘻哈哈去坐往宜蘭的公路局，到小格頭那一站下車。越過山坡穿過樹叢跨過斷崖，二十八個人沿路唱歌說笑聊天。忽高忽低跋涉了兩個小時，汗水淋漓的抵達了北勢溪上游的鷺鷥潭。林懷民、丘延亮、桑品載、蒙韶、楊蔚、王葆生等會游泳的，都光著上身穿著內褲跳入了溪裡，一時水聲喧嘩水花四濺。不會游泳的朱西寧、劉慕沙、司馬中原、魏子雲、段彩華、蔡文甫、瓊瑤、王令嫻、朱橋等人，坐在河灘上繼續唱歌聊天。清澄的溪水在五月的陽光裡綠得發亮，雪白的鷺鷥在松林間悠閒飛舞。鷺鷥潭，一個白得最白綠得最綠的幽谷，在那裡，二十歲的我，要結婚了：男方主婚人魏子雲、女方主婚人瓊瑤；證婚人朱西寧；介紹人段彩華、張時；男女儐相王葆生、張舲菱；司儀桂漢章。

《皇冠》主編陳麗華和發行部的楊兆青，在河灘上鋪了兩條塑膠布，撿了幾個石頭壓住，然後從籃子裡拿出餐點、草莓酒、杯子、結婚証書等等。為我安排婚禮的平鑫濤先生，在一旁細心的檢視後，對著溪裡幾條好漢扯開嗓門大喊：「喂，要開始囉，你們趕快上來啊！」

一九六五年五月九日下午一時，好漢們的上身映著水光，內褲還滴溜著水珠，我穿著一件金黃底色斜插幾枝鮮紅玫瑰的無袖洋裝，捧一把沿路採來的金黃馬纓丹，赤足站在瓊瑤與張舲菱之間。新郎楊蔚站在魏子雲與王葆生之間。朱西寧站在我們六人的中間。於是司儀開始唱名，証婚人致辭，介紹人說些無關事實的介紹辭，主婚人致謝辭。

然後司儀大聲說道：「新郎新娘喝交杯酒！」於是我與《聯合報》記者楊蔚，轉過身子，舉起杯子，喝了我們的交杯酒。

午後我們又跋涉兩小時，到小格頭坐公路局回台北。傍晚回到永和中興街，買了半個西瓜。吃完了西瓜，我們就累得睡著了。

那天是在綠島坐過十年政治牢的新郎的三十八歲生日。沒有生日蛋糕也沒有結婚喜宴。他的老家在山東，與家人音訊斷絕。我的老家在雲林，爸爸來信說，結完婚帶回來見見親戚，一起吃頓飯吧。爸爸與我們一樣，都不喜歡喧嘩的婚宴。

## 6

一九七一年，鷺鷥潭繼續白得最白，綠得最綠。

秋天來時，帶著兩個孩子，我回到了永定，結束了婚姻。

一九八七年，翡翠水庫完工，北勢溪上游沉入庫底。

鷺鷥潭已經沒有了！

原載二〇〇四年四月一日《印刻文學生活誌》第八期，獲九歌版二〇〇四年「年度散文獎」；後收錄在《寫給你的故事》（台北：印刻出版公司，二〇〇五年九月），頁一〇四至一一三。

本朗讀文本自原文4278字刪節為3293字。

永遠的童心，說不完的故事——黃春明

## 黃春明

黃春明，一九三五年出生於宜蘭羅東，筆名春鈴、黃春鳴、春二蟲、黃回等。屏東師專畢業，曾任小學教師、記者、廣告企劃、導演等職。近年除仍專事寫作，更致力於歌仔戲及兒童劇的編導。曾獲吳三連文學獎、時報文學獎、國家文藝獎、總統文化獎等。現為蘭陽戲劇團藝術總監、《九彎十八拐》雜誌發行人、黃大魚兒童劇團團長。黃春明以小說創作進入文壇，雖被譽為鄉土作家，但在不同的時期展現出不同的寫作風格。作品關懷的對象包括鄉土小人物、城市邊緣人，九〇年代則特別關注老人族群。除了小說的創作之外，更跨足散文、新詩、劇本及兒童文學（繪本、童詩、小說）等不同文類的寫作。著有小說集《看海的日子》、《兒子的大玩偶》、《莎喲娜啦·再見》、《放生》、《沒有時刻的月臺》等；散文集《等待一朵花的名字》、《九彎十八拐》、《大便老師》；童話繪本《小駝背》、《我是貓也》、《短鼻象》、《愛吃糖的皇帝》、《小麻雀·稻草人》等，另有關懷幼兒成長的童話小說《毛毛有話》；並編有《鄉土組曲》、《本土語言篇實驗教材教學手冊》、《宜蘭縣通俗博物誌圖鑑》等書。

# 對話

黃春明×楊渡

楊——今天我們邀請到的是我的老朋友，知名的作家黃春明先生。他是一九三五年出生在宜蘭羅東，小的時候，八歲，母親就過世了，由祖母帶大，祖母和他講了許多故事影響了他的一生。那些地方的小人物以及生存的故事，他們生命裡面各種生存的智慧，情感的結晶，都在他的小說裡頭呈現。今天我們特別邀請他來，讓他用充滿感情的、最本土的，台灣鄉土的語言和我們談一談他的生活、他的小說、以及他的生命中最重要的智慧。我和黃春明先生已經認識了三十來年，想起早期我都到位於長安東路的咖啡館等他，向他邀稿，可是他每一次都跟我黃牛，每一次都沒有交稿，然後跟我說了一堆故事，讓我感動的不得了，口水都快流下來了，結果他還是都沒有交稿。後來他把這些故事都寫成一篇篇的小說。我們先來請教他，他是怎麼寫起小說，而且讓他的小說裡面可以呈現農民的、農村生活後面的智慧。

黃——農民不認識字，因為沒有機會，所以他只有拋出所有的勞力去生產，才能勉強生活。種稻子種瓜果要不要知識？要！也要跟天候季節配合，來選種什麼，還有田若是收割完，要如何犁田，犁田之後，放完水，才擔擔賣，……那都是知識。當然問我們大家都不會，但是有這本書，我們看看就會了，考試九十幾分。下去吧！問說這鋤頭怎麼這麼大一隻，有小一點的嗎？今天好熱，涼爽一點再下田好嗎？

楊——傍晚再下。

黃——要不今天好冷，等熱一點再來。通通都不行。所以知識如果沒有變成行為，有沒有用？考試九十幾分有用嗎？再來，知識變成行為還不夠。天氣這麼熱，透早就出門，天色漸漸光，不怕田水冷颼颼。要有意志力。有意志力就夠嗎？還不夠！還有什麼呢？責任感。我若是不做事就會餓肚子。責任感還不夠。這托克威爾說的，民主美國當時說，叫精神習慣。以前我們年輕時，一看天亮了還沒有起來，就準備挨罵，自己也是覺得做錯事了。有的大人早就在罵了，「日頭晒屁股，你怎麼還睡？」我還被我阿公說得更嚴重，「你是吃飽在練睡嗎？」他說我是在練習睡覺！這個連作家都寫不出來，不可能，人家是從生活而來。所以整個知識是最基本，如此而已，其他那些才是重要。所以你看我們現在學院之害，各個講起來都大學畢業，碩士、博士一大堆，但台灣為什麼人文低落到這種地步。

楊——春明兄，您在小說裡講很多農民跟農村跟土地的故事，您怎麼看待農民生存的智慧以及人跟土地的關係？

黃——《論語》是教人家忠孝節義，禮義廉恥那一類的道德，但是還沒有行為。那些農民，半部論語他怎麼會懂？一部都沒讀過，那又如何？因為過去中國的農業社會，農閒就是講故事、看戲劇，故事跟戲劇是甚麼？都在演三國志、目蓮救母，都在說忠孝節義，他們是從那樣來的，所以故事跟戲劇是非常重要的。只要你想到，貧苦的農民，他們忠孝節義都有。那麼貧窮，把那麼老的父母親都養得很好、照顧得很好，子女生那麼多，也負起責任來，好不好另一回事，就負起責任。你看多了不起。不忠不義不孝的都是誰？戲劇也在演，玉堂春、王魁負桂英……

黃——包公說，鍘！鍘給農民看。所以農民都知道，「對我們不能這樣。」最後的結論是，一個國家的存在，是誰啊？哪一個超凡的皇帝嗎？不是！以農立國。我們還看不起農民，要肯定農民。

楊——對啊，肯定農民一方面是這樣，另一方面是說，要對土地有一份敬意。

黃——土地是感情。人對土地的感情。你是讀書人，榮格心理學的潛意識也都在講。他的老師是弗洛伊德，這就是太祖牌的。榮格很不錯，自己另外開創了一派潛意識。他說，一個人的認同，不必上學校就可以學到三種；一種是出生地的認同。一個人如果對出生地的認同有問題，他的人格成長就會受到扭曲。我以前愛看書看到，可是它沒有給我答案，為什麼一個人對出生地沒有認同，他的人格就會受影響？我現在長大了，不只長大了，八十歲了嘛！所以來看真的是這樣。以前如果在我們農業社會，交通不便，也不必跑來跑去，所有的工作都在住家附近。所以對住家很熟，但是不一定對每一個人都熟，或對那個小鎮，但那裡的人的臉都見過。所以我住羅東，我就覺得，那個人好面熟，好像我們羅東人，有張羅東臉，在自己熟悉的地方不敢做壞事，若是我落魄到他處，一看沒有我們羅東熟面孔，我要偷、要搶都敢，膽子就出來了，沒有自律。在自己家鄉認同了自己的出生地，就有感情上的制約，不能丟我們這個地方的臉，那這就不是對土地的尊敬，而是感情，我就得注意。那感情是從何而來？比如說，我是羅東人，你一問起羅東，我會講得天花亂墜、如數家珍。那你也說，我們家鄉也是如何如何。如果你問一個人你住哪裡？他說，我就住羅東。那羅東有什麼？沒什麼啦！那麼那個人對出生地就沒有情感。我在羅東並沒有財產。因為我在那裡長大，我在那一條河裡游泳，在哪裡打了一個蜂窩被蜂叮了，然後奶奶就叫爺爺把嘴張開，把他的牙垢拿來塗在我的臉上……，諸如此類種種的記憶就是羅東。不是用衛星來看，經緯度交叉幾度，非常的精準，那個不是我的羅東，那裡沒有我的眼淚跟笑聲，更沒有我的感情。所以人對土地那個年代打起仗，大部分的戰士都是農民，農民沒有土地，但他拋頭顱、灑熱血。你抓他來問，怎麼那麼勇敢？他說因為你侵入我們的家鄉土地。那請問你有多少土地？我沒有啊！那你怎麼這樣？我替大地主種田啊！因為他有情感。情感是對家鄉的成長的認識。榮格的答案來了，他說，一個人如果對家鄉這塊土地沒有認同的話，就是人格扭曲。近代的台灣，從農業社會變成工商社會，因為農業平面單位面積的經濟產值是最低的，還要看春夏秋冬；把它變成立體的，變成工廠生產線，變成百貨公司，不用春夏秋冬。夏天很熱裡面人那麼多，因為放冷氣；冬天很冷我放暖氣，什麼都有在賣。所以他把平面變成立體、把四季都去除，經濟產值就很大，所以務農就變不好。工商業發達，年輕人屈就，有錢人就移民到國外，沒錢的移民到國內，從農村到都市。你想想，那些老年人就是被留在農村社區的地方。……人對土地有了感情人格才形成，所以你看，人跟人的情感，我可以說：I love you，你說：Me,too. 你跟土地說：I love you，它不會回應你。但是我們對它的情感如果有的話，是始終不變、堅定的、深沉的。

黃——我現在八十歲了，還在騎摩托車。其實在台灣，我很早以前就拍紀錄片，《芬芳寶島》，一九七三年。

楊——老師打算現在要去環島？

黃——他們告訴我說不要，那麼老了不好。我說，為什麼不好？我要重新認識台灣，台灣變的很多！我以前看的現在已經不是那樣，為什麼我不能再去看他？我認識的朋友已經老了，我為什麼不能去見他？所以他們的觀念是說，要安全啦！危險啦什麼的！你很老了！這我很氣。老有甚麼不對？我又沒有成為你的包袱，我自己負責我自己，還可以做東西給別人，這樣就快樂。

楊——您現在仍然很有氣力。

黃——不只氣力，還會生氣。怒火是生命的火花，如果我是土匪的憤怒不是生命的火花，那是地獄之火。

楊——春明兄，我們都知道每一個寫作者背後都遭遇過許多故事，您的遭遇也非常離奇。流浪過很多學校，讀過很多間師範學校，我很好奇為什麼您一直在師範學校之間流浪，跟我們講一下這個故事。

**黃——我很辛苦才考取台北師範，民國四十一年，那時叫吃飯學校，有飯可吃，又是公費的。窮苦人家很多都會到那裡。**

楊——你自己自修考進的？

**黃——我那時是三十三或三十四揀選一個，只讀一年就被退學。因為退學很難轉學，所以人若遇到困難，有過去的經驗、讓你的腦筋都比電腦還好。電腦還得took out，要叫出，但你若是有什麼經驗，困難多時它就自然在你腦筋裡面讓你去做選擇。所以後來我轉到台南師範，在那裡也被留級，讀了兩年又退學，那已經很絕望了。但是有一個很有趣的機會，當時的校長叫朱匯森，後來當教育部長。那一天我幾乎沒有辦法回家，因為不敢。當時中華日報登了一個國外Chashme的報刊，民國五十幾年，那時候這個罪犯的死刑有五、六個，其他刑責一加就是好幾百年，大大小小的事情做過太多，為了要調查他，要一點時間。把他監禁九年，九年裡他讀聖經，聽牧師講道，就改變了自己，也邊寫作。他的文字很簡潔，他的回憶很生動，所以他用教育的力量把自己過去那個Chashme殺死了。他完全不一樣了，以前那個根本不會寫字**

的。但是罪證已經差不多都查清了，所以論刑，就得去做電椅了。美國、歐洲、日本也有，就為他有demostration，出來抗議。說Chashme is new，Chashme是新生的。舊的他自己已經把他處決了。但法律就是這樣。一個死刑犯的報導，經過路透社或美聯社發到全世界，這個case很特別。

黃——我因為被退學了，整個學期都快過了，是在很絕望的時候，回到羅東，那時車是很慢的，坐頭班車時間都要坐到末班車的時間了。結果不敢進門，不敢去敲門。我若去敲門，家裡的人會問起，你怎麼回來了？從台南坐火車坐一天回到家，晚間十一點多了，左看右看都沒人，自己告訴自己，好在沒人看到我回來。你看多矛盾，我回來了，結果近鄉情怯。過去近鄉情怯是說，我回到家，父親還在嗎？誰誰誰還在嗎？而我不是，他們都還在，我就是不敢。因為見了面要怎麼說呢？一定會再起衝突。結果回到台南，那天看到中華日報，我想Chashme是環境造成的，環境要負很大的責任。我這樣想，像美國這麼大的一個國家機器，產生金融、生產各類，但也有汙水、空氣汙染；這些人就像是這個國家設備不齊全所污染到的東西。汙染是工廠的問題，不是汙染物本身的問題。所以說多讀書是不錯的，我就寫了自傳，感動到了朱匯森，但是他跟我說，我未必相信你裡面所寫的所有的，因為我們會scenery fiction一下，當然大部分都是對的。他說，你有才氣啊，這樣好了，屏東師範的校長是我這裡以前的教務主任，我給你寫一封信，過幾天你去找他，但對方要不要收你我就不知道了。結果我去找那位校長時，校長說，黃春明，你是留學生喔？我說，我沒有出國。他說，怎麼不是？你從羅東流到頭城流到台北流到台南。

楊——到處流浪。

黃——他問，屏東再下去是哪裡？你若問我京滬鐵路從頭到尾當時都會，台灣誌又不重視又沒在教，我怎麼曉得屏東下去是哪裡？但是馬上應變，我說，屏東再下去就是巴士海峽。他說，你對台灣地理還有點概念。我跟你說，屏東師範是台灣最南的一所，再下去可沒有了，我不是接受你，是留校察看，你不能再犯錯。當然接下來故事還很多，我是讀了這麼多的學校。有一次很有意思，屏東縣政府文化局舉辦我的畫展和戲劇、演講，很少人知道我的畫。畫展上我沒遇到，但留有名字，屏東師範一個音樂老師，劉天麟，八十幾歲了。演戲那天他也來看，演講那天我沒通知他，因為文化局很客氣，演講題目是「聆聽黃春明的文學」。結果我的老師跑來了。我就馬上改變題目，我說，今天我的恩人，我的老師在場，這個題目非常不恰當，怎會是老師來聆聽學生呢？這個用字不對，所以我題目改成「出生地與再生地」。我是羅東出生，但讓我再生的是屏東，老師也帶給我很大的力量。這個老師我說了很多。有一天，他說，今天什麼日子你知道嗎？我說，我不知道。他說，今天二月十三日，就是你的生日。我到處留學，誰幫我過生日？我也不曾過過生日。他說，今天是你的生日，我有禮物要給你。他送我兩本書，其中一本是《梵谷傳》，余光中翻譯的，Irving Stone寫的。上面還寫說，「春明，你的聰明才智有如一座礦產。礦產是得慢慢的、細心的、努力去開採。梵谷就是你的榜樣。」我看得好高興。

黃——前幾年我去美國，二十八天十四場演講，從西部一直到東部，一直有時差，我以為我會倒下，結果並沒有。到休士頓的大學，一個在那裡教書的中國人，教了十八年的文學，他知道我的背景，他說，我看過你的文章。你的老師送給你讀的契訶夫、沈從文。但是你的文章跟他們兩個人不同。契訶夫太苦了，沈從文太甜了；你是巧克力。我還需要得什麼獎？不需要了。去年有一個癌末病人，五十九歲，是一個木匠，初中學歷，只剩下幾天的生命，他跟醫院說，我能不能跟黃春明見面？院方說，他是你親戚朋友？他說，不是，我是他的讀者。院方就說，我幫你聯絡看看，他會不會來就不知道了。他跟我聯絡我就去了，去了他就說，黃先生，你好久沒寫了。你那個《鑼》、《看海的日子》的白梅、《兒子的大玩偶》的坤樹……那些我都知道，就劈哩啪啦把他們唸完。我那時候眼睛都已經模糊了，掉下淚來，我就說，我再來寫。你要等著看！一個多禮拜後，他就過世了。他還給我傳簡訊說，我要死前還能見到你，真的好高興。我身為一個作家能這樣，還需要什麼獎？在桃園的一所高中，我演講完，一個高三的女孩，長得很高挑，蠻可愛的。校長當時在送我，她從門口跑來，她說，黃老師，等一下！拿了一封信給我，她說，黃老師你回家才能看。她又說，我們家裡早就有你的小說，因為我爸媽喜歡你的小說，但是我小時候還看不懂，到後來看懂，最讓我感動的是〈國峻不回來吃飯〉。因為我已經自殺過三次了，爸媽對我很擔心，但自從我讀了〈國峻不回來吃飯〉之後，我那天就跟爸媽跪下，跟爸媽說對不起，我不會再自殺了。你看，一個作品本身沒有變，但是每個人的成長背景、年齡背景、知識背景、遭遇背景都不一樣，這個東西就產生了某種不一樣的力量。

**楊**——春明兄，我知道您在很小的時候有一位啟蒙老師，在國中的時候教您寫作，影響了您後來，是很重要的啟蒙老師。可以跟我們談一談她的故事嗎？

**黃**——很多老師都一再原諒我，所以一個浪子要回頭並不是說，你錯了！他轉一個頭就走了。他一離開人群，就像拋物線一樣一直上去。但是碰到一個人的一句話，我們慢慢就在改變方向，慢慢就回來了。比如說，初中被槍斃的那位王賢春老師。她被認為匪諜，是二十六歲的一位女老師。瀏海、沒有腰身的旗袍、白襪子、黑布鞋、金邊的近視眼鏡。她送給我契訶夫跟沈從文。因為本省同學比較不會作文。作文本來就是一種語言。雖然我發音比較不好，她也是，各省人都有嘛。我的作文較流暢，老師就跟我說，作文要好你不能抄。我說，老師，我沒有抄。她說，喔，學生要是好的我給乙上，我給你甲下，我也在想但不敢確定，那太好了。我拿了作文本就應該走了，我不走站在那裡。她問說，怎麼了？我說，老師，妳心裡面一定還以為是我抄來的，這樣好了，妳讓我再寫一篇。我不知道那一次我怎麼那麼有信心。她說，你喜歡作文？那很好，那你去寫。我說，妳還沒給我題目啊，不然我寫了妳又說我抄。我的個性就是如此。她說，要一個題目，好，那就寫「我的母親」好了。我愣了一下說，老師，我的母親死了。老師就很歉疚說，對不起，是幾歲的時候？我說，我八歲的時候。她說，現在對媽媽還有印象嗎？其實是有的，我常被打甚麼的都有，但總不能寫那種負面的印象。所以我說，很模糊。老師說，模糊也是印象，你就把對母親的模糊印象寫出來。回家之後我就很懊惱，糟糕，要如何去寫？其實我媽媽很嚴格。以前打我她自己都會哭，比如說有一次，我們在家吃飯，我底下有四個弟妹，嬰兒那個不算，我們吃冬粉，我就把它吞進去又拉出來，吞進去又拉出來；我底下的弟妹就覺得我超厲害的。我弟弟說他也會，他一吞進去要拉出來的時候，一滑，就嗆到，嗆到竟然從鼻孔出來，所以小孩也不知那種結構就嚇壞了，哭得很慘。我媽一抓到我就打，我奶奶從裡面衝出來，她說，妳當我沒當過母親？小孩不是這樣教的，吃飯皇帝大，怎可以打小孩？就算要砍頭也要飽餐一頓。這都是我印象很清晰的，怎會模糊？但我就不喜歡這些諸如此類的東西。

黃——所以那天我就想，怎麼寫我的母親呢？我開始寫，那篇的印象我還很清楚，因為那都是我的關鍵，但我的關鍵有很多很多，要把關鍵接起來那才是改變，才成為力量。那天我就想該怎麼辦？我想說媽媽剛過世那一陣子，年幼的弟弟妹妹，每天都哭鬧著要找媽媽，奶奶被哭煩了，就罵弟弟妹妹們說，你們的媽媽已經到天上去當神了，我上那裡給你們找媽媽？雖然我沒有像弟弟妹妹們那樣哭鬧著要媽媽，但我也會想起媽媽。每次我想起我媽媽的時候，奶奶對弟弟妹妹說的「你們的媽媽已經到天上去當神了，我上那裡給你們找媽媽？」那一句話就灌進我的耳朵，尤其是晚上，我就隨著那一句話，轉頭往外頭天上看，有時候看到星星，有時候看到烏雲，就是沒有看到我媽媽。很抽象就是了。我隔天拿給老師，她說，很好很好，你對作文真的很有興趣。又隔了一天，那天也是像這樣的一個冬天，出太陽。老師說，各位同學，今天陽光很好你們去晒太陽。然後叫：春明你過來。她就把作文擺著，已經打開在那邊，仔細一看，作文本上有紅色的汁筆。汁筆有兩種意義，一種是，這不行！還有一種是，不錯！我那一篇那樣寫對中學生來說比較抽象一點，那種抽象的表現蠻不錯的。我那時寫的真的很模糊。我擔心的是說，老師就會說，你就是抄的。結果我去的時候，老師頭抬起來，眼眶紅紅的。我後來才想到，這個老師才二十六歲，從大陸過來，她也會見景生情，引她想起母親什麼的。她竟然動情到眼眶都紅了說，春明，你這篇寫得很有感情。你對寫作有興趣的話，要多看書。老師給你兩本書。那位老師給我《梵谷傳》，這位老師給我契訶夫、沈從文短篇小說集。那時還沒有解禁，她後來被抓去，叫做匪諜，被槍斃死了。後來我們才知道她是中國共產黨南方青年工作隊。年輕人要到台灣去喔！我們當老師或甚麼去！好，我要去！報名。這樣就叫匪諜。我告訴你，她沒有教我任何共產思想，她國文跟作文教得非常好。她教過我們一首歌，我到今天都會唱。「他鼎鼎傻，鼎鼎有名的大傻瓜，三家四等七，他說是等一吧！哈哈！真笑話，豈有此理，糊里糊塗，真傻瓜！他為什麼傻？就因為沒有進學校，進了學校就不會這樣傻。」我記得這麼清楚，我七十八歲了！「他鼎鼎傻，鼎鼎有名的大傻瓜，叫他去砍柴，他說是怕鬼打！哈哈！真笑話，豈有此理，糊里糊塗，真傻瓜！他為什麼傻？就因為沒有進學校，進了學校就不會這樣傻。」這是在鼓勵人家要進學校的歌。

楊——台灣有一段時間的現代詩寫的都讓人家看不太懂。我知道您後來也寫詩，也寫了很多連小朋友都可以朗朗上口的詩。您怎麼看詩呢？

黃——我從歌曲來講。那個農村曲子，我唸給你聽你就曉得了。「透早就出門，天色漸漸光，受苦無人問，行至田中央，為了顧三頓，不怕田水冷颼颼。」都有押韻，這難道不是詩詞嗎？有誰看得起這樣的歌？我們詩人都寫那種看不懂的才叫詩。我的詩都讀得懂的，像管芒花還要做甚麼解釋？「我用芒花綁的掃把，她是掃過天的，撣過星星的，你若還表示懷疑，你抬頭看看天。」要讓人看懂才叫做詩。童年的時候沒見過濁水溪，長大後才見到。但童年的時候，一淹水有人死了，水鬼的故事就特別多。我說，濁水溪，我還未曾見過你以前，你就從我阿公的嘴裡流入我耳裡。那條河流是小孩子們聽大人先講講然後再看到它。詩一定要讓人看得懂。我的文學很寂寞，但是我還是執著，那是不悔的。我的讀者那麼多人，都會去那個咖啡廳看看我。所以那次在台南演講事件，隔天我的簡訊、我的信箱，還有人寄背心來給我，因為那一天我把衣服一脫，背心啦哩邋遢，寄來了一共二十四件，還有兩個人送全套的，還附簽名，他說，右手剝皮，左手握拳。我這才發現我很富有，還有從國外來的電話，所以我覺得這樣活著很有意思、很快樂。所以有人說，黃春明你不像八十歲。我說，不要有年齡意識。

楊——還很有活力，要活得快樂。

黃——比如說我那天演講，說社會已經越來越冷漠了。年輕人就問我，那怎麼辦？我說，你也覺得社會冷漠對不對？那為什麼你不溫暖起來？你對人家笑一笑、說謝謝，從你溫暖起別人就開始溫暖，你冷漠他也會冷漠。所以你還在怪人家冷漠。是這樣開始的。

楊——春明兄，我們「為台灣文學朗讀」希望您能用自己的聲音來朗讀一篇作品，可不可以請您來為我們朗讀你的小說，〈死去活來〉。我覺得那篇寫得非常動人，而且非常深刻的呈現人在生死之間既矛盾、又複雜、又嘲諷的情感。

（黃春明朗讀〈死去活來〉）

**黃**——老師說，凡是存在，存在於量都可以測量。我說，老師，孟子說人性本善，善是存在的。那如何測量？老師氣得很；我再說：「老師，荀子說人性本惡，惡也存在。存在一定有量，那又如何測量？」他說，你讀台北師範遭到退學，垃圾，出去！我要說的是，人對土地的情感，有它的量，但如何測量？你跟他談談家鄉。你在哪裡長大？講不出來，就是量很少。講得出來，量就多。再看他的臉，「觀其眸子，人焉善哉。觀其眸子，人焉瘦哉。」他們都以為，黃春明來自鄉土，都在說鄉下事，他沒讀過什麼書。讀書又如何？我剛剛說了好幾本書了。家鄉就是母親，我不能說我的母親好醜，林志玲如果是我媽媽多好！

楊——我們謝謝黃春明先生，今天跟我們聊了許久，有太多好玩的故事，以及動人的朗誦，還有歌唱，為我們分享了他童年的感動以及文學的美好。

# 永遠的童心，說不完的故事園——黃春明

楊渡

訪談那一天，我們一見面就聊開了，完全無法停止。

我先說想當年，那是一九八一年左右的事，你都黃牛，我跟你約稿都沒給我，只一直說故事哄我。可能是那時我長得瘦，你帶我去路長安東路的一家咖啡館吃快餐，每次都叫大餐說要幫我補一補，結果小說也沒交。

他開始說，你不知道，小說要常常說，一邊說，一邊看讀者反應，你再修正故事的敘述方式。我教你啊，你一定要多說，小說才寫得好……。後來我有寫出來啊，幾年後都有發表，還出書了。

可是好幾年過去了，我說。

就這樣，一談就談了兩個半小時。中間還包括了他的朗讀，讀〈死去活來〉。讀的時候，他時而國語，時而台語，活靈活現，完全是劇場說書人的最佳表演。

整場訪問，天南地北，從文學到社會事件，從教育到文化現象，甚至台北圓環如何解決都有一個極妙的主意（事涉專利，不能洩漏，請柯文哲去問他本人）。他忽然想起來，說：那我們就說先到這裡，剩下的交給錄音的電台來負責了。可電台只需要五十分鐘，如何剪呢？哦，你們慢慢後製作，沒關係。他就瀟洒的走了。

一年多以後，他獲得總統文化獎。頒獎那一天，宜蘭來了很多鄉親，大家高興的

在總統府裡拍照留念，我看他終於穿一件比較正式的唐式新裝，就笑問他穿新衣了。他很高興的說：阿渡仔，我當然要穿新衣，上次在台南拉開衣服要跟人打架，結果我的內衣是破的，照片一登出來，啊呀，真不好意思，很多朋友還寄內衣來給我，害我太太很沒面子。這一次要穿新衣啦。

午餐的時候，有些「大人」講話實在很沒意思，我就找他閒聊，他於是講起童年時候祖母如何揹著他，一邊做家事，一邊用長長的「老奶」去哺育他的故事。說得滿堂都驚訝的大笑起來。

還記得當天訪問完，他說要騎機車去環島，很久沒環島了。我說，你年紀不小了，身體還可以嗎？要不要我陪你去？

「你囝仔人，愛哭愛隨路，還要照顧你，太麻煩了。我自己去！」他阿殺力的說。

# 黃春明小說選

# 死去活來

不是病。醫院說，老樹敗根，沒辦法。他們知道，特別是鄉下老人，不希望在外頭過往。沒時間了，還是快回家。就這樣，送她來的救護車，又替老人家帶半口氣送回山上。

八十九歲的粉娘，在陽世的謝家，年歲算她最長，輩分也最高。她在家彌留了一天一夜，好像在等著親人回來，並沒像醫院斷得那麼快。家人雖然沒有全數到齊，大大小小四十八個人從各地趕回來了。這對他們來說，算難得。好多人已經好幾年連大年大節，也都有理由不回來山上拜祖先了。這次，有的是順便回來看看自己將要擁有的那一片山地。另外，國外的一時回不來，越洋電話也都連絡了。

準備好的一堆麻衫孝服，上面還有好幾件醒眼的紅顏色。做祖了，四代人也可算做五代，是喜喪。難怪氣氛有些不像，儘管跟她生活在一起的么兒炎坤，和嫁出去的六個女兒是顯得悲傷，但是都被多數人稀釋掉了。令人感到不那麼陰氣。大家難得碰面，他們聚在外頭的樟樹下聊天，年輕的走到竹圍外看風景拍照。炎坤裡裡外外跑來跑去，拿東拿西招待遠地回來的家人。他又回屋裡探探老母親。這一次，他撩開簾布，嚇了一跳，粉娘向他叫肚子餓。大家驚奇地回到屋子裡圍著過來看粉娘。

粉娘要人扶她坐起來。她看到子子孫孫這麼多人聚在身旁，心裡好高興。她忙問大家：「呷飽未？」大家一聽，感到意外地笑起來。大家當然高興，不過還是有那麼一點覺得莫名的好笑。

么兒當場考她認人。「我，我是誰？」

「你呃，你愚坤誰不知道。」大家都哄堂大笑。他們繼續考她。能叫出名字或是說出輩分關係時，馬上就贏得掌聲和笑聲。但是有一半以上的人，儘管旁人提示她，說不上來就是說不上。有的曾孫輩被推到前面，見了粉娘就哭起來用國語說：「我要回家。我不要在這裡。」粉娘說：「伊在說什麼？我怎麼聽不懂。」總而言之，她怪自己生太多，怪自己老了，記性不好。

當天開車的開車，搭鎮上最後一班列車的，還有帶著小孩子被山上蚊蟲叮咬的抱怨，他們全走了。昨天，那一隻為了盡職的老狗，對一批一批湧到的，又喧譁的陌生人提出警告猛吠，而嚇哭了幾個小孩的結果，幾次都挨了主人的棍子。誰知道他們是主人的至親？牠遠遠地躲到竹叢中，直到聞不出家裡有異樣的時候，牠搖著尾巴回到家裡來了。腦子裡還是錯亂未平，牠抬眼注意主人。主人看著牠，好像忘了昨天的事。主人把電視關了。山上的竹圍人家，又與世隔絕了。

第二天清晨，天還未光，才要光。粉娘身體雖然虛弱，需要扶籬扶壁幫她走動，可是神明公媽的香都燒好了。她坐在廳頭的籐椅上，為她沒有力氣到廚房泡茶供神，感到有些遺憾。想到昨天的事；是不是昨天？她不敢確定，不過她確信，家人大大小小曾經都回到山上來。她心裡還在興奮，至少她是確確實實地做了這樣的一場夢吧。她想。

炎坤在臥房看不到老母親，一跨進大廳，著實地著了一驚。「姨仔！」他叫了一聲湊近她。

「你快到灶腳泡茶。神明公媽的香我都燒好了，就是欠清茶。我告訴神明公媽說，全家大小都回來了，請神明公媽保庇他們平安賺大錢，小孩子快快長大念大學。」

炎坤墊著板凳，把插在兩隻香爐插得歪斜的香扶直，一邊說：「姨仔，你不要再爬高爬低了，香讓我來燒就好了。」他看看八仙桌、紅閣桌，很難相信虛弱的老母親，竟然能搆到香爐插香。

「我跟神明公媽說了，說全家大小統統回來了。……」

「你剛剛說過了。」

「喔！」粉娘記不起來了。

炎坤去泡茶。粉娘兩隻手平放在籐椅的扶手上，舒舒服服地坐在那裡，露出咪咪的笑臉，望著觀音佛祖媽祖婆土地公群像的掛圖。她望著此刻跟她生命一樣的紅點香火，在昏暗的廳堂，慢慢地引暈著小火光，釋放檀香的香氣充滿屋內，接著隨裊裊的煙縷飄向屋外，和濛濛亮的天光渾然一起。

不到兩個禮拜的時間，粉娘又不省人事，急急地被送到醫院。醫院對上一次的迴光能拖這麼久，表示意外神奇。不過這一次醫院又說，還是快點回去，恐怕時間來不及在家裡過世。

粉娘又彌留在廳頭。隨救護車來的醫師按她的脈搏，聽聽她的心跳，用手電筒看她的瞳孔。他說：「快了。」

炎坤請人到公女的高中學校，用機車把她接回來，要她打電話連絡親戚。大部分的親戚都要求跟炎坤直接通話。

「會不會和上一次一樣？」

「我做兒子的當然希望和上一次一樣，但是這一次醫生也說了，我也看了，大概天不從人願吧。」炎坤說。對方言語支吾，炎坤又說，「你是內孫，父親又不在，你一定要回來。上次你們回來，老人家高興得天天唸著。」

幾乎每一個要求跟炎坤通話的，都是類似這樣的對答。而對方想表示即時回去有困難，又不好直說。結果，六個也算老女人的女兒輩都回來了，在世的三個兒子也回來，孫子輩的內孫外孫，沒回來的較多，曾孫都被拿來當年幼，又被他們的母親拿來當著需要照顧他們的理由，全都沒回來了。

又隔了一天一夜，經過炎坤確認老母親已經沒脈搏和心跳之後，請道士來做功德。但是鑼鼓才要響起，道士發現粉娘的白布有半截滑到地上，屍體竟然側臥。他叫炎坤來看。粉娘看到炎坤又叫肚子餓。他們趕快把拜死人的腳尾水、碗公、盛沙的香爐，還有冥紙、背後的道士壇統統都撤掉。在樟樹下聊天的親戚，少了也有十九人，他們回到屋裡圍著看粉娘。被扶坐起來的粉娘，緩慢地掃視了一圈，她從大家的臉上讀到一些疑問。她向大家歉意地說：「真歹勢，又讓你們白跑一趟。我真的去了。去到那裡，碰到你們的查甫祖，他說這個月是鬼月，歹月，你來幹什麼？」粉娘為了要證實她去過陰府，她又說：「我也碰到阿蕊婆，她說她屋漏得厲害，所以小孫子一生出來怎麼不會不兔唇？……」圍著她看的家人，都露出更疑惑的眼神。這使粉娘焦急了起來。她以發誓似的口吻說：

「下一次，下一次我真的就走了。下一次。」最後的一句「下一次」幾乎聽不見。她說了之後，尷尬地在臉上掠過一絲疲憊的笑容就不再說話了。

原載一九九八年六月廿六日《聯合報·聯合副刊》

現收錄於《放生》聯合文學出版二〇〇九年

# 誰來代言工人的悲哀——楊青矗

## 楊青矗

楊青矗，一九四〇年出生，本名楊和雄，臺南市七股區人。高雄中學附設補校畢業，一九八五年應邀參與美國愛荷華大學國際寫作計劃。曾任美麗島雜誌高雄分社主任，台灣筆會會長及敦理出版社發行人。在長期戒嚴的白色恐怖時期，楊青矗開創台灣戰後寫勞工小說，做勞工運動，啟發勞工意識覺醒的先河。代表作有《在室男》、《工廠人》、《工廠女兒圈》、《在室女》、《心癌》、《連雲夢》、《楊青矗與國際作家對話》、《給台灣的情書》、《生命的旋律》、《筆聲的迴響》、《女企業家》等。自幼受過以台語閱讀古文學詩詞及寫古典詩的訓練。一九八〇年以後，著手台語字、辭典的編纂工作，以及台語注音、台灣古詩等的出版工作，一九八六年起展開國臺雙語辭典的編撰工作，歷時六年，幾近耗盡家產，終於一九九二年出版發行，之後再以此為本，展開台語文教學。

# 對話

——楊青矗×楊渡

楊——我們來到作家楊青矗老師位於羅斯福路巷子裡的家中，我們看到家裡堆滿了他的書，還有他從事研究的各種著作，我們坐在一張油畫前面，等一下聽老師來朗讀。一開始先來跟老師聊一聊他的文學創作。我們在做「為台灣文學朗讀」的過程裡很有意思，我們看台灣文學從早期的五〇年代現代主義的詩創作，到六〇年代的現代文學、七〇年代的鄉土文學創作。在鄉土文學創作裡，老師的位置非常特別。我們都說台灣的六〇年代是進口替代，開始發展工業；七〇年代是加工出口型的工業，整個台灣的經濟奇蹟都靠著工人，靠著便宜的勞動力，靠著社會福利沒有保障的工作環境，靠著工人的血汗所累積起來的，可很少人去書寫他們，在鄉土文學發展的過程中，您是唯一的特例，以工人為主角來書寫。可否跟我們談談當時您創作的歷程？

楊——我是出生在台南縣七股鄉，現在是台南市北門區，日據時代叫北門郡，虱目魚的故鄉。我們那個村都是貧農，山線善化那邊比較好一點。小時候所身處的環境、所見的都是貧窮人家的生活，所以心理上比較同情做工、做農的，他們很辛苦，是這種心情來創作小說的。早期台灣的發展是犧牲農業來發展工業，農民都不太能夠賺錢，比較有錢的農家是地主，我們那裏大地主也很少，比較多小地主賣一點田去開工廠，開工廠的對待工人的思想都很守舊，都是以舊時代的長工、奴隸那樣的心情對待工人。工人應該有新社會應有的權利、待遇，都被忽視，衛生、安全這一方面也都不被照顧。所以我是看到這種對待的不平等，開始來構成故事寫出他們的情況。

楊——我記得你成長過程有跟父親到高雄。父親是在煉油廠當消防員，是不是？那個時候從農村到工廠當工人是一個很巨大的轉變，可不可以介紹一下老師的成長過程？

**楊**——我父親在我小時候，聽我媽媽講是在種西瓜。種西瓜都是在台灣的溪埔，中間是溪流旁邊是旱地摘西瓜，但差不多都虧本，因為一到了雨季，沒有下雨的時候摘了西瓜然後又種，種到了西瓜可以收成時，雨季、颱風季來了，整個西瓜會不甜，還被大雨沖走，所以差不多都虧本。後來我父親就到煉油廠工作。那個時代是沒有甚麼正式考試的制度，都是用介紹的，有朋友在高雄煉油廠工作就介紹他進去到煉油廠裏的福利社，後來再轉到消防隊。高雄煉油廠因為它本身煉油，都要有消防隊駐在工地，如果發生危險自己的消防隊馬上可以救火。我父親是消防隊的成員，後來被派到高雄港，高雄港有船，都要用汽油，在那裏加油，為了應付高雄港的需要，有很多油槽，油槽都要消防隊二十四小時守著油槽，不能發生事情，很危險。我父親他們是輪班二十四小時都要有人在那裏守油槽、油爐，如果發生事情要救火，他們的工作就這樣。

楊——後來您父親好像發生了意外？

**楊**——對，在一九六一年四月五日的光隆輪爆炸事件。它是郵輪，在高雄煉油廠油港，後來不曉得怎麼的機器環爆炸，爆炸就起火，那天我父親當天早上當班，就進去船裡救火，結果產生第二次爆炸，爆炸的力量很大，我父親就被那個力量衝到船的桅杆，掛在桅杆上，就這樣過世了。好在爆炸時那四千噸的油沒有炸開來，如果船上的油都炸開來，噴發出去會整個灑滿高雄市，全市就會走火，整個城市都會燒掉。那一次好在沒有爆到郵輪的油箱。

楊——那個時候您幾歲？

**楊**——我二十二歲。

楊——所以從那時起您就開始負擔家計？

**楊**——對。

楊——那時候在做甚麼？我記得您隨後結了婚，開了一家西服店。

**楊**——那個時候我沒有固定工作，後來我父親的同事就要我也進去高雄煉油廠工作。我二十歲結婚，那個時代結婚的比較早，結婚以後，我太太會做衣服，就開女裝店。

楊——這些煉油廠的經驗、開服裝店的經驗，是不是會讓您聽到許多故事，跟工人相關的故事。

**楊**——我那個時候在寫小說，經常滿腦子都有故事，我在煉油廠上班，早上一跳上摩托車，從我家騎去大概要一個小時，整條路上扶著手把，腦子裡都是故事在轉動。那個時候，如果有一句話觸動我，我就可以產生一個故事。配合那一句話要如何表達、那一句話所表現的主題是什麼⋯，就是這樣。

楊——您是一個貧窮農村的孩子，也沒有受過正統的文學訓練，在這個過程中怎麼學習寫作？這是一個很微妙的過程，請跟我們分享一下。

**楊**——我小時候讀過私塾，用台語讀漢文。後來因為我們住在鄉下很窮，沒有升學觀念，整個環境都是。所以我們搬到高雄去的時候，是國小五年級，要考初中的人都在補習，我沒有參加補習，後來也沒有參加初中考試。沒有考試就沒有想說讀中學讀大學，後來就沒有讀了。沒有讀就到民間私塾有老師在教的。在高雄，一直到我二十歲都有私塾老師在教學，那私塾的老師不像現在我們上學，有一群學生大家上同樣的課本，私塾是你帶一本書去，你要讀甚麼書就帶甚麼書，個人讀個人的，老師就用你的書來教。老師就用紅硃筆點讀。

楊——邊點邊讀。

楊——以前的書有些沒有標點符號，老師點也等於標點。老師就讀一句點一下，你就跟著讀。那個時候私塾都這樣讀。我們兒童時代鄉下讀私塾很普遍，沒有國小，大部分都沒有進過學校讀書。你要讀書就讀私塾。有錢一點的人，會請私塾老師到家裡教同宗的子弟。要不然廟裡有廟舍，會有私塾老師在廟舍教，你要讀去讀，每個月繳個多少錢，都是這樣的。民間有個人私塾老師在家裡教，我這樣一直讀，從國小畢業到二十歲，我都讀私塾。我現在很慶幸我沒有升學，沒有升學我就可以用台語的文音去讀古文、詩詞。如果我跟一般人一樣去上初中、高中、大學這樣讀上去，我就沒有這種能力。

楊——可是您讀的漢文畢竟是古文，這距離您後來寫小說用白話文來寫作又有一段距離。您是怎麼開始學會用白話文來寫小說、講故事？我覺得這一方面是天賦、一方面是學習的過程。

楊——我們那個時代，路邊經常還有說書人，現在聽起來像是古時候的事情，以前沒有書看，要知道故事，很多都是在路邊聽說書人說。

楊——講古人。

楊——講古老師。他就拿一本《三國演義》、《隋唐前傳》、《西遊記》等等，他們講故事，旁邊圍了一群人，他講一段時間就賣賣東西，或者要大家丟錢給他，說書人是這樣的，當時社會情況是這樣的。還有賣藥的、歌仔戲團，有五、六個人，不穿戲服，每天隨時就在空地演起歌仔戲，就很多買菜的、閒人看他們演戲，他們演一段時間就賣藥，是這樣過生活的。那個時代，路邊的歌仔戲團很多，也有打拳賣膏藥的，走街穿巷的。還有遇到廟會、神明生日，就演歌仔戲不然就布袋戲。布袋戲所演的大部分都是《西遊記》、《三國演義》、《薛平貴東征》。小時候這些故事引起我想了解演義小說。我差不多是十四、五歲就開始看演義小說，整個國文能力是看演義小說來的。看《西遊記》、《三國演義》這些。演義小說對我影響滿大的，有一陣子我的思想幾乎被演義小說綁死了，演藝小說我最記得的兩句話是，「忠臣不服二主，烈女不嫁二夫。」演義小說你隨便翻起來都有這兩句話。

楊——老師可以用台語念一次嗎？

**楊**——一個貞潔的女人不嫁兩次，不然就是不守節。我受這個影響很大，看電影的時候看到沒有丈夫的女人跟人家跳舞，我就心裡很不平衡，他為什麼這樣子？就被演義小說這種思想約束很大。我解開這種思想是在看世界名著之後，這些思想就轉變了。

楊——您剛開始是看那些世界名著？

**楊**——看短篇小說。巴爾札克、俄國的都有。我都在租書店租書來看。在我讀國小時沒有看過一本課外書，那時候我們沒有課外書，家裡也沒有習慣給小孩買課外書來看，我直到十四、五歲會看書的時候，都跑出租店去租書。

楊——是不是外國這些現代小說影響您開始寫作？

**楊**——開始寫作是受外國小說影響。

楊——那您寫的第一篇小說是哪一篇？跟我們介紹一下是怎麼開始寫第一篇小說。

**楊**——我寫第一篇小說是在暑假參加救國團辦的文藝營。那個時候我在高雄煉油廠上班，參加一次兩星期，救國團是公家的，我可以以救國團公家的公事去煉油廠請公假，全部上兩個禮拜，我第一篇小說是在那裏寫的。我第一篇發表的作品是散文〈購書記〉。〈購書記〉是我當兵在部隊訓練四個月以後，從基本中心就直接要派到金門去了。我就回到我家高雄，有一天要去買書，那是雨季，整個路面都是水，我騎腳踏車衝過水跑到市區去買書，買完後我騎車跌倒。再來就是文藝營那一篇小說〈血流〉。那篇小說也是風雨的季節，有一個婦女即將生產，怎麼辦？大風雨的，那個時候也沒有救護車，就去附近隔壁朋友家敲門，用擔架讓她躺著到醫院去生產，我寫的是這個過程。那是我第一篇發表的小說，過程很簡單，可以說沒甚麼挫折。那個時候救國團文藝營裡有一百七、八十人，我得第三名。後來就陸陸續續發表小說，但都忘了，也沒有收起來。

楊——您的作品後來也有不少去改編成電影，像〈在室男〉、〈在室女〉那幾篇。在寫作過程中是有意識地要寫工人的故事，還是只是寫自己身邊熟悉的？

**楊**——第一個有同情窮苦這個心理，所以去寫它們。我們講〈低等人〉，那個男主角在日據時代就進入高雄煉油廠，那以前是日本人徵收土地建設的，他們是要戰爭用的汽油，在高雄煉油廠煉的，原來的名稱是日本海軍第六燃料廠。那主角實際上是到高雄煉油廠做臨時工，後來國民政府來，他又轉到國民政府煉油廠的臨時工。做了幾十年沒有退休金，到六十五歲就不能待在工廠做，那是規定，所以他就要被解雇，但他有一個九十幾歲的父親，怎麼養老？他就一直苦惱著說他要怎麼來養父親。後來他看到高雄煉油廠，因為那是危險的行業，有一些人殉職，每年都有一天公司整廠員工為紀念殉職人員，開會發個本子說，哪一個人怎麼樣殉職，開殉職紀念會。有一次他看到這個，就觸動他，想說這些殉職的人有撫卹金可以拿，既然是殉職，臨時工沒有退休金也有一些錢，他就想辦法要如何殉職。這在我的小說裡就是呈現他想怎樣死的辦法。

**楊**——高雄煉油廠有研究化學的東西，化學是他們的工作，有一次他就在裡面拖垃圾，那個時候沒有垃圾車，他拖一個板車，用一個袋子背在肩上，就這樣拖垃圾。每天到資源宿舍，每個宿舍前面有個垃圾箱，他去把垃圾箱的垃圾挖起來，放在他的垃圾車，拖去倒，他每天的工作就這樣。他也要清掃環境，清掃環境時第一個先想到化學社，化學社裡有很多化學藥品，他粗淺的知識是，化學藥品如果碰到不對的時候會產生爆炸，爆炸就會死了。他第一次想死就到化學社清掃，甚麼化學品他都不懂，桌上排的瓶瓶罐罐的化學物質，他整個繩子弄上去把他們掃倒，讓它們去相碰爆炸，想把自己炸死。這是第一個想到殉職的方法。他身體正要罩上那個桌子的時候，人家把他拉走，說這個太危險了，你來這裡幹嘛？趕快把他拉出去。第一次他就沒有成功殉職死亡。第二次他到變電所，變電所那個大電一下子就會電死了，他清理變電所旁邊的環境，他拿一個鐵柱要去觸那個大電，人家又很快把他拉走，第二次又沒有被電死。第三次他已經想到沒有辦法，可有一天當他拖垃圾的時候突然看到後方有一輛轎車駛來，那個轎車是總管理室的車。他突然想起就把垃圾車傾倒，整個人就倒在路中，轎車就把他壓過，整個壓破，腸子都流出來了，他也就死了。這次死亡是他突然想起來的，看到後方一部車靈機一動想起來的，他就這樣殉職死掉了。我用這樣激烈的故事，是想用拖垃圾的老人的屍體來諫言臨時工制度的不公平。高雄煉油廠是經濟部經營的，經濟部經營的工廠很多，包括台糖等等很多，制度都一樣，制度不公平就是臨時工不能搭交通車，正式工可以；臨時工沒有退休金，正式工有。臨時工那個時候一個月大概一千三百塊到一千五百塊，一天二十塊工資，要靠這個生活是很苦的。我就看到臨時工制度很不公平，而大部分經濟部經營的公司幾乎將近一半有臨時工。臨時工等於是一種剝削工資的制度，我是想說這種制度要突破，所以我特地寫這〈低等人〉。

我這篇小說發表的時候，經濟部有一個官員到高雄煉油廠來巡視，找我談話，他說，我這篇小說讓經濟部開會，讓所有臨時工都升為正式工，決議以後不要用臨時工這種名義來雇工，有一陣子臨時工就全部被轉正式。那個時候蔣經國在當行政院長，他也極力在改變這種不公平的制度。但是這個制度在台灣又變成一個不好的制度，就是用派遣人力。派遣人力是老闆組成一個公司，他的公司有很多人在等某一家公司工廠有工作便派遣去，派遣去的對公司有一個好處是不必繳勞保費、退休金，現在都是人力派遣。派遣工其實也是一種臨時工，薪資也不高，生活也很苦。這個是我寫〈低等人〉這個故事的啟發到它的完成。

楊——台灣在一九七〇年代是完成了經濟奇蹟，急速成長的經濟，可這是建立在兩個很重要的基礎上，一個是勞動者沒有福利，還有一個是當時的女工。女性的勞動者很年輕國中一畢業就進去工作，沒有社會福利制度，沒有安全的保障，等到她年紀大了結婚去了，她就走了，沒有退休金問題。所以有人說台灣經濟奇蹟是建立在這些對勞工的剝削。您也寫過女工的故事，對不對？

**楊**——我寫過一本《工廠女兒圈》，還有一本沒有完成的《外鄉女》，都是國中畢業去當女工。現在我們看台灣的工業化，初步就犧牲農業，農民都沒有照顧，比較偏重工業發展，我還寫了一本《在室女》。「在室」就是在室內，「在室」兩字在辭典裡解釋，有「在室女」這個詞，解釋為閨女。我寫〈在室女〉就是在農村有一對男女朋友，他們是青梅竹馬，一起長大感情很好，幾乎要輪及婚嫁。有一天這個女孩看見她的男朋友挑著擔，挑大便。農村裡最好的肥料就是糞便，她看到她的男友挑糞在澆肥，她看了很討厭，心想這以後怎麼是我的丈夫？她就不想跟他結婚。不想跟他結婚的話她就想離開農村到都市去，等於她就出室、出農村這個地方，她到都市去工作了。那個時代女孩子都有這個思想。我寫〈在室女〉就是在警告政府說，你現在不照顧農業，再過幾年，台灣的農地都會變成荒地。現在農民都不耕種，都靠補貼，以前農民到現在都差不多八、九十歲了，你要他耕農耕不動了，太苦了。年輕人又不做這個。後來我看耕農的青年娶不到太太，就大量外籍新娘進來，用買的，花一、二十萬，去南洋、菲律賓、越南、印尼，去買新娘，大家都娶外籍新娘，變成一個風氣。外籍新娘那麼多進來就是台灣本地的女孩不嫁給種田的人，以前你家產多就是農地多，以前農村的有錢人就是農地多，有牛、有車，可以耕種自己生產。後來農地越多女孩子越怕，嫁過去當媳婦的要幫家裡工作，要做死了，跟農家很苦，就沒人要嫁給農人，於是外籍新娘進來，就整個改變社會風氣。我〈在室女〉的那個時代是在警告政府，農業要改變要照顧，將來這些農人耕不動就放棄，只有這樣。

（楊青矗朗讀〈工廠人〉）

楊——老師現在還在寫作嗎？

**楊**——一個中醫幫我針灸治療青光眼，我也不曉得臉部不能針灸，他給我在印堂的微血管針破了，細菌跑到到腦部，就起膿皰，變成腦膿炎，這在台灣救活的人很少，幾乎救不活的。我的腦部就開了大刀，開三次。第一次、第二次都清創把膿清掉，第二次腦蓋蓋著怕壓力大發生危險就把腦蓋移開。第二次清創完，第三次開刀，就要把腦蓋再蓋到頭上去，結果腦蓋骨也有膿，細菌感染就不能用，就罩一個太空金屬做的一個人工的腦蓋骨，套上去代替，就這樣，勉強活下來。第二次發現視神經也有細菌，就剪掉一點，所以視野變狹窄。一般人可以看的寬度我只能看一半，因為視神經剪掉一點，兩個眼睛都各有半盲，走路路面看不太清楚，很危險，所以走路要有人帶著或牽著走，才安全。眼睛如果看個十五分鐘可能就疲勞了，眼睛一直流眼淚，就霧了，人也疲勞了，就想躺床上舒服。可能你看十分、十五分、二十分的時間，床上要躺一個半小時才能恢復，所以現在苦的是這裡。持續復健之後，慢慢狀況有比較好，只是要到可以寫作，還是很困難。

楊——楊青矗老師寫的〈工廠人〉，深刻的反映了經濟發展過程中，從農村急遽的工業化，從農民轉成工人。一個工人應該有甚麼權益？有怎樣的社會保障、社會福利？他其實本身都不知道。因為他在學，工廠的企業主也在學。就像楊青矗老師剛剛講，他本來像一個老闆擁有一個長工，不知道現在勞工有現代功能的職能、社會角色，他也不知道、他也在學。但不只企業主，包括政府在法令上、在社會制度上，其實也要修改，用一個平等的勞資制度來規範彼此。所以從工人、企業主、政府到整個社會，其實都在學習。在現代化的過程中慢慢學習。〈工廠人〉就是很有意思的呈現了工人在學習的過程中試著去體諒，企業主也開始去體諒，工人跟他一樣其實是平等的，他們可以互相體諒、照應，這是一個很溫暖的過程，也是很好的學習。這個小說在台灣的七〇年代是一個很好的最佳的歷史見證。我們今天謝謝楊青矗老師接受我們的訪問，也祝福老師一日比一日更健康。

# 誰來代言工人的悲哀？——楊青矗

楊渡

因為誤信中醫而生了一場重病之後，楊青矗的行動不太方便，視力與腦力受到損傷，因此我們去他家中進行文學朗讀的訪談。他的語言質樸真誠，他的文學熱情依舊，他對台語文的執著恆久不變。特別是他談起台語文源自古漢語的某些文字時，有一種古文學者的欣喜，那是誰也無法取代的。

第一次訪談，他用了大部份的時間談台語文的研究與推廣，對早年的工人小說的創作，反而談得比較少。基於此，我們安排第二次訪談，專就工人小說的寫作，特別是他的創作歷程，談得比較深入。

小時候他的父親種西瓜，失敗後轉入高雄煉油廠當消防隊員，在一次爆炸意外中身亡。他扛起家計，又成為煉油廠的工人。所幸，自幼因貧困而綴學的楊青矗並沒有停止漢文的學習。在街頭的講古，他學到了說故事的迷人之處；透過私塾的漢文教學，他學會了中文的寫作；而自己勤於閱讀西方的文學經典，則讓他學會了現代文學敘述技巧。

有意思的是，非文學科班出身的楊青矗是在參加救國團的文藝作品得到第三名而開始大量創作。寫得最熱情的時候，他曾一邊騎著車要到工廠上班，一邊小說的句子就像泉水般湧入他的腦海裡。

楊青矗寫的工人與農民是如此真實，代表著一九七〇年代，經濟起飛時期的台灣，那些從農村出來找出路的青年，還不知道勞工權益為何，更不知道自己的生命可貴，而只想找一個頭路，找一口飯吃，卻因為制度性的忽略，人為的欺壓，而在下層社會輾轉掙扎，那樣的卑微而充滿人性尊嚴的生命。

一九七〇年代還有幾位代表工人的小說家，寫造船廠的陌上塵、寫女性勞動者的曾心儀、寫詩的李昌憲等等。他們在文學作品中所顯示的台灣經濟的背後，從農村掙扎而出，流離在現代都會、加工出口區的工廠，流血流汗，求一點生存的機會而耗盡生命的底層的生活面貌，是如此感人，不僅記錄了一個時代，更見證人性的尊嚴與屈辱，有無可取代的重要價值。

# 楊青矗小說選

# 工廠人（節選）

車子到了工人宿舍，孩子們在別致的幼稚園內蹦跳玩唱，俱樂部是新建的，有各種康樂場所，式樣壯觀，綠地花木扶疏，一切給人一種安寧富足之感。施總經理想起這些建設，以前每次開會，莊慶昌他們就提出來爭取：「完全是他們爭取出來的，他們兩屆工會理事真的幹得有聲有色！」

他叫司機把車子開進廠裡，毫無目標地一個工場轉過一個工場，工人穿著油污的工作服在機械邊穿梭，他自問：誰會注意到我這個調職的總經理，臨別的依戀呢？

車子繞着工場鐵架下的管子轉彎，停在新建工場邊。這個工場在他手上建了三分之一，現在已完成四分之三了。他下車審視已完成的情形，前面一輛巨型的吊車，伸出它聳天的吊桿，吊起一個大塔槽，要安裝上位，一、二十個工人掛着手套，用扶着吊離地的塔槽，莊慶昌指揮着他們工作，塔槽準確地安上預定的位置。莊慶昌汗流浹背，掏出香菸分給班員，大家喘喘氣，站在陰影下抽菸喝茶。

「老莊你指揮的好，一放下去就放準了位置，一點也不用再移轉。」施總經理佩服得不期然地走過去拍莊慶昌的肩。

「是施總經理。」莊慶昌回頭一看吃了一驚，擦擦額頭的汗說：「總經理什麼時候回來，聽說要搬家了！」

「傢具昨天裝車，今早一大早就搬走了。」

「這個工場是總經理在本廠時沒有完成的大工程，我們要好好的幹，來報答總經理在這方面所下的心血。」莊慶昌抽出一支菸要請他吸。

「我不抽，你們辛苦了，謝謝你們。」

施總經理繞着看完工的部分，莊慶昌跟隨在他後面。

「我們廠裏一、二十年來，有一半工程是總經理用心擴建的，我內心一向佩服總經理這方面的才能。過去我們為了我們工人的一點利益而爭取，現在想起來真覺得臉紅，有些地方我們做得也未免矯枉過正，實在對不起總經理。」

「沒有什麼，那是你們工會理事該做的事。」

施聖凱看這位在會場往往得理不饒人的硬漢，現在却羞澀老實，講的是出之肺腑的真心話，他不期然的伸手跟他握手。

「再見，大家保重，我再到各工場看一看，下午就搭飛機上台北。」

施總經理與工人們一一握手，他一向未與工人親近過，臨別的感情和工人們辛勤的工作感動他，他本來討厭工人們的粗俗，現在却發現了粗俗的可親。在環宇廠他是皇帝，以命令來使喚廠長及主任級的主管，根本理都不理工人，三十年來從沒有發現過對工人的這種感情，這使他兩年多來與幾個工會理事所積的恩恩怨怨都消化掉了！

也許新總經理有新總經理的作風，我是幹的太久了！形成他們說的專制，刻薄而不自知？他自問。

他鑽進車裏，告訴司機說，不用開去繞工廠了！他不想看了，直接開回去。
風從車窗吹進來，工場、樹木、房子悠悠而過，他覺得很坦然。

白開水的一百種滋味——鄭清文

## 鄭清文

鄭清文，一九三二年出生於桃園縣，本姓李，後由舅父收養，改姓鄭，遷至臺北縣新莊市。一九五八年在《聯合報．聯合副刊》發表第一篇作品〈寂寞的心〉，一九六五年出版第一本小說集《簸箕谷》，一九九八年出版《鄭清文短篇小說全集》七卷。著作多元豐富，涵蓋各個文類，包括了小說、童話，及文學、文化評論等。多篇作品被譯成英、日、德、韓、捷克、塞爾維亞文。曾獲台灣文學獎、吳三連文學獎、時報文學獎推薦獎、國家文藝獎等獎項。鄭清文所創造的獨到的語言、令人難以或忘的人物、以及故事所發生的場景——栩栩如生的舊鎮、台北都會，及其鄰近的鄉間——凡諸種種，織就了一篇篇小說，溶鑄於讀者心中。在小說中，鄭清文精準地記述他箇中人物的喜、怒、哀、樂，心緒與執念，為讀者展示舊鎮／新莊／都會生活的變遷。他深刻洞察原鄉人物的心靈感知，卻往往輕描淡寫，運用神似簡易樸實卻又寓意深遠的敘述，來敷演鄉人／市民的情感身世。而穿插其間的——在在皆是：他自己一路走來，見證過的一頁頁台灣的滄桑史。

# 對話

鄭清文×黃崇凱

黃——今天我們邀請的來賓是鄭清文老師。鄭清文老師出生於一九三二年，已經是超過八十好幾的歲數了。可是鄭老師從二十六歲，也就是一九五八年的時候發表第一篇作品〈寂寞的心〉開始踏入文壇，一直到了出第一本小說集，到後來出了很多本小說，也寫童話；尤其是寫了非常多的短篇小說，一、二百篇，也有長篇小說如《峽地》，但大部分的人對老師的認識都是從短篇小說開始。寫短篇小說寫了五十多年的歷程，一直到八十歲的時候，還出了一本新的短篇小說集，可以說是一個令人尊敬的不斷在書寫的作家，非常高興今天能夠訪問老師。首先想請問最早老師怎麼會開始寫作呢？

**鄭**——接觸文學的一開始我比較喜歡讀，當時我是想讀很有趣的故事，從這個故事知道很多事，所以一開始一直讀，到後來就覺得自己也可以試試看。我們那時剛好是戰爭結束，所以要轉換語言的期間，我一開始講的是台語，讀的是日語，然後要用中文寫。這種語言的轉變太複雜，所以開始寫一些東西，等於是習作。我的習作進步很慢很慢，直到高中的時候作文還是不及格，只能慢慢來。之後開始投稿，投到林海音先生主編的《聯合報》副刊，結果竟然登出來了，發現自己好像可以寫，就開始一直寫下去。

黃——所以老師一開始就只是一個嘗試看看的心情？並沒有說很有自覺的要像那些寫很好看的小說作家一樣成為一個寫作者？

鄭——沒有啊，當時只是覺得登出來了很高興，「我的文章會登出來喔！」是這種心情。

黃——我看到老師其它的訪談，有提到其實小時候也是看一些薛仁貴征東、薛丁山徵西這些演義故事開始。

鄭——一開始的閱讀，是讀像「征東、征西」之類的演義故事，因為家裡的人都看過這些故事，所以就從這些開始。剛好面對語言的轉變，當時也不知道要看甚麼書，但是這些故事、文章的內容和台語的表達很類似，所以比較容易看。以前我念初中的時候，旁邊的同學每天不上課，常拿著章回小說在看，我看他讀得很有趣，就跟他借來讀。借來讀以後，就看小說中哪一個字用很多，這個字是什麼意思，好像是「瞧？」這個字用的很多，那個時候還不知道字的意思，所以就問他，再慢慢的閱讀。然後就是看到別的東西，其實當時也算是我們沒有碰到，因為我開始的比較慢，剛開始在重慶南路，有很多從中國那邊來的書，包括魯迅都有，但那時候我不懂，所以一本都沒買到，如果當時有買到的話現在就發財了。那時候不知道那些東西，只有兩本書有印象，一本《阿Q正傳》，還有一本是《賣花女》，作者是蕭伯納，後來才知道那本書是電影《窈窕淑女》的原著。只知道這兩本書，是因為那個時候比較年輕，《賣花女》這個書名好像比較有浪漫氣息，《阿Q正傳》主要是名字很怪，後來我在四、五十歲才看到、讀完《阿Q正傳》這本書，以前只有知道這個名字沒有讀。

黃——其實我們在看像葉石濤先生以前在學習中文的過程裏，他是看了很多中國的古典小說，像《紅樓夢》、《水滸傳》這些，去鍛鍊他的中文。老師剛剛提到您也經歷一個語言轉換的過程，老師是如何去鍛鍊您的中文？

**鄭**——我跟葉石濤先生他們不太一樣，他們可以完全掌握日文，但我不行。我那時候甚麼都不行，因為我們那個時候剛好三不是，台語也不行、日語也不行、英文也不行、中文也不行，「喔！是四不是」。那個時候在轉換語言，我們就是直接學習中文，因為中文跟台語的句法比較類似，從這個慢慢轉。我記得有個笑話大概是高中時期，有個英文老師，他說：「station」的中文誰會的舉手？結果學生大聲地說：「火車頭」。把「火車站」說成「火車頭」，就是台語的「火車站」。當時到了高中都還有這種情況，所以我高一的時候也還有作文不及格的經驗。到了高二以後，有一個老師就教我們一直讀，還要一直寫日記之類的做法，所以我們就是想辦法寫東西，慢慢就知道怎麼去讀、去寫中文。

黃——老師在使用中文上其實已經非常有特色，有的時候像白開水一樣，是一種有點類似隱形的存在，可是又非常日常、非常生活，因為又不能沒有它的感覺，所以其實我會有點好奇，因為我曾經聽過楊佳嫻講說，她到老師家，看到老師家書架上全部都是那種岩波書店，很多日文的文庫本，所以老師後來在閱讀外國小說都是讀日譯本嗎？

鄭——其實比較早期我都是在閱讀外國小說，主要是讀英文本。那個時候大概是大一，當時俄羅斯的書（舊俄時代）的書都是禁書，在衡陽路的一家書店有在賣托爾斯泰的書《安娜・卡列尼娜》，我看到很高興，一本大概是五十塊就買回來了。那一本書我翻字典看了一年，很好看。托爾斯泰的東西本來就是很容易看，文字不會很難但是很吸引人，我當時還在書上做筆記。後來有朋友借走了這本書，結果遇到淹水，把這本書給弄掉，不然那本書應該要留下來，裡面有翻字典和我自己的一些意見。之後來我常到衡陽路那家店去買俄羅斯的禁書，只要是俄羅斯人寫的，像托爾斯泰《戰爭與和平》、杜斯妥也夫斯基《罪與罰》和《卡拉馬助夫兄弟們》這些，那個時候大概都是先讀英文本。但是這種書當時也不是很多，還有一些日本人留下來的舊書，之後流到舊書攤去。所以我決定先看看不到的，先看、先買禁書，反正俄羅斯的都是禁書，那個時候不分甚麼類型，只要是俄羅斯的書都禁。因為官方認為這樣比較安全，如果你這個東西發生問題，他們也會有問題，所以通通禁。其實這些人是在共產黨統治俄羅斯之前的作家，但作品中多多少少有關於社會、大眾的想法。

黃——因為老師的語言雖然非常簡潔明白，但其實我在一些訪談看到老師提到您讀書的來源，包含剛剛講的舊俄的小說以及一些法國的小說家，還有日本的小說家，都非常多。像您閱讀這麼多外國作家的作品，可是呈現在您的小說又非常的具有台灣的特質，您是怎麼樣去做一個融合的？

鄭——常有人問我受到那些作家的影響，我通常比較偷懶的方法就是提四個人：契訶夫、海明威、福克納、羅素。向契訶夫學「同情」，你在寫這個作品的時候，有這個心，所以看到很多東西，就會想到同情。如果從這個角度去，你可以看到這個社會上的很多東西。從海明威的身上學到「省略」，他提到「冰山理論」，「冰山八分之一在水面上，八分之七是在水底下，作者是寫水面上的八分之一，八分之七就要靠讀者自己去讀。」福克納也提到了「一個內容、一個形式」的理論，但他說的「一個內容、一個形式」我學不到，我只學內容的部分，這是他在訪問錄中說的一段話，「你強暴你的母親，如果是為了藝術，你也可以這樣做。」後來我們這邊有一個翻譯本，把「強暴」翻成「搶奪」，但是搶奪不對，應該是「強暴」這個字，他甚至講到這麼激烈的話，從這裡是學到「大膽取材」。在羅素身上我學到「懷疑」，他說：「你不要相信你的記憶，而要去了解。」並不是要相信，而是去了解，這個態度對我們學東西來說非常重要，所以如果遇到比較不清楚的部分，就要去找證據。比如說我寫《春雨》這個故事，是以貓空山上作為背景，那時候年紀比較小甚至還去爬山，我在山上看到菅芒花。在日本來講，菅芒是秋天的七草，菅芒跟月亮畫在一起是非常有名的畫面。明明菅芒在秋天開花，可是我們去爬山的時候是春天，而且菅芒在開花，我覺得很奇怪，所以上山三次去證明少部分菅芒會在春天開花，再把它寫到作品上去。像羅素他就說你沒有真正知道之前，不要隨便的相信，你要去知道他的真相，大概是這樣的意思。運用這四個人，當然不完全只是這四個，只是我偷懶嘛，所以就說四個，其他也還有很多人。

黃——洪醒夫在一九七〇年代訪談過老師，只是他跟您在對談的過程很有意思，不像是單純的做訪談，而是小說後輩向前輩請益的情況。許多研究老師小說的學者，很多會引用這一篇訪談紀錄，其中提到老師的文字非常簡單，但又深入人心，在洪醒夫的紀錄中提到，老師的回答是這種文字的運用是一種選擇，你可以選擇用甚麼樣的字，而這樣的用字會呈現出自己的某種文學觀點。

鄭——其實我們平常所使用的語言比較生活化，我所寫的東西也比較生活，因此用的語言也是生活語言，我比較不喜歡抽象的東西。上次有一個朋友開了個讀書會，他講阿根廷的作家波赫士，我就問他波赫士的作品好像比較重視形而上。比如說我們寫生活的是形而下，寫一般人的生活、寫物品、寫語言，都是寫一般的，比較不是去寫自己的想法。自己的想法其實在故事裡已經有了，不用作者拼命的去講自己的思想。我一直說小說這種文學，主要是三個，一個是生活、一個是藝術、一個是思想。生活是鮮明的題材，藝術就是那些問題，比如說如何去表達？不要用很深的字，用生活的語言。後來想到這種會跟一般人不太一樣的原因，因為受中國古典文學的影響很深，古典文學都是寫自己的想法，很少寫生活的情況，他們對小說這些虛構的東西也不很重視，雖然他們寫生活經驗，但他們會把這種經驗提高，提升上來，所以想法很多，自然就會扯上形而上的東西。我比較不喜歡寫這樣的東西，比如寫生活，我看到魚鳥狗貓就去寫他們，不會說這個狗怎麼樣、貓怎麼樣，不會去寫那種很抽象的語言。

黃——因為我在讀老師的小說，真的會覺得那個文字已經簡單到一種非常厲害的狀態，就是其實您用的字大概普通的國中生都會寫，其實這麼少的一個文字量，它呈現的面向是非常寬廣，而且就像老師講的，它裡面常常有一些意思，尤其是情感的部分，是非常含蓄的，常常都隱藏在小說的背後。

黃——我總以為我們在使用語言文字，它總會有一個界線在，可是小說要表達的，可能是超出語言文字以外的東西，很多情感其實很難用一個很確切的形容詞、很確切的一句話，或是很確定的一個詞去把它固定下來，它是一種有時候會有一點曖昧，有時候飄忽不定的一種情感。

鄭——其實語言的問題，譬如說在作品中使用了一個字，可能意思就限定在這個字裡面，可是如果你寫一個情況，這個意思就不限定在一個字裡面。比如說我常去公園散步，我看到一個故事，一個媽媽帶小孩，小孩子看到一個松鼠就跑過去了，媽媽就把他抓住蹲下來，等到那個松鼠爬上去了，媽媽才跟他講說那是松鼠。像這樣一個情境，就是很簡單的一個故事，但是這裡面包含很多，像是媽媽如何照顧這個小孩、如何教育這個小孩？另外一個故事，一個老太婆、老阿嬤她帶小孩子去拜拜，把小孩子留在外面，結果小孩子跑去放生池玩然後溺死了。這樣兩個故事的情況差很多，如果你把這兩個故事寫出來放在一起的話，會讓人想到很多但作者不必要說明什麼。像看松鼠的媽媽會讓我很感動，在台灣比較少這樣子。為什麼很多小孩子會發生意外？就是沒有這種媽媽。這是一個很簡單的故事，其實裡面有很多，如何用自己的智慧去保護小孩子，這裡頭會有很多這樣的東西在裡面。但如果我們平常這樣寫，大概很多人都沒有看到。

黃——我其實有時候很好奇，老師怎麼有辦法寫那麼多的短篇小說？老師喜歡的契柯夫也是這樣，他一生主要的創作幾乎都是短篇小說，然後再加上一些劇作。這樣的短篇小說它幾乎是很多生活面向，各式各樣人的日常生活裡的一個小切片，老師是如何去捕捉那個切片？因為你所能寫的短篇小說的題材真的很特別，很少有人可以像您一樣，除了可以寫農村的、寫鄉土的那種實況，包含裡面所有的景物器具、人物的語言，以及所使用的東西，他的生活的細節您都可以描繪出來，可是另一方面，您又可以寫一個在城市裡，在公司企業裡工作的狀況，城市的街道、銀行、股東會，形形色色的人，老師是如何去跨到這麼大的一個面向？

鄭——我的作品跨越的向度很大，包括了鄉村、田野或是城市、銀行的題材，多少是有自己的經驗在裡面。比如說銀行，我以前在銀行工作，其實關於銀行的東西我寫的不多，這是因為銀行比較少正面的東西，人跟人之間會卡到利害關係比較多，就比較少正面的互動。

黃——但老師也許可以像山崎豐子一樣去寫一個銀行財閥的題材？

鄭——我當時並沒有想像山崎豐子一樣去寫銀行、財閥的東西，現在年紀比較大可能也沒有這個打算。山崎豐子的作品真的是很豐富，因為她很早就變成大作家，所以可以請人幫她，被他們的文藝協會開除，因為請了祕書幫她做資料，結果疑似有抄襲的嫌疑，後來她又回復了自己的名譽。雖然現在正式的文壇沒有承認她，但大眾很承認她，很多人在看。她的《白色巨塔》一書也很精彩，她很多東西都寫不是很正面，而是比較鬥爭性的東西。其實在美國也有一個人寫了類似的東西，我想美國那個比較早，山崎豐子比較晚，但是路線很像，美國的那位作者主要是寫一個機場，也有寫銀行和醫院，題材非常類似，那個本來也是很轟動，甚至改編成電影，但現在好像也沒有人提到他。

黃——老師以前在寫作的時候，是怎樣去蒐集這些您閱讀的小說或是圖書？

**鄭**——關於蒐集資料這種東西比較難講，也許用舉例的方式會比較好講。比如說我寫〈局外人〉，裡面其實有一些經驗是實際發生的，我們以前鄰居有一個老太婆，她說她的媳婦不孝，所以她每天都在公園的牆邊自己煮飯，然後自己煮自己哭，那個旁邊還有一個糞坑，故意選那個地方，每個人來的時候，她就一邊哭一邊跟人家講。後來我讀到海明威的一篇作品《一個光明乾淨的地方》，裡面講一個人要死所以要找一個乾淨明亮的地方，可是這個人很不乾淨又很不明亮。〈局外人〉讀起來很有推理小說的趣味，然而發想的源頭，關於角色為什麼要把一個人殺掉的想法，就是從這個「乾淨、明亮」的概念，以及這個晚輩希望能夠幫這個老太婆辦好喪事，不要讓她那麼髒，她認為如果老太婆先死掉，自己就能幫她辦好，但因為她怕自己如果先死掉，這個骯髒就會留下去，她不願意讓它留下去，所以就把她殺掉。這一方面就是海明威，一方面就是福克納所說要大膽的取材，當然有一點推理的味道。

黃——稍早休息的時候，老師提到他剛剛去看了米羅的畫展，也提到了關於形式的思考。其實我有跟老師聊到說，他的一、兩百篇的短篇小說其實都好像不太在意形式這件事，反而常常是以非常質樸的文字跟內容去打動讀者，所以我特別想知道老師怎麼去思考關於形式這件事？

鄭——我剛才提到福克納的時候有提到，他說：「一個內容，一個形式。」這一點李喬是很執著，一直在努力求變。我是講究題材方面的不一樣，但是寫法就不一定，但嚴格地講起來，寫法還是有一些不一樣。比如說我寫過一篇內容提到永康公園那邊的老蔣銅像的一篇小說。那個銅像第一個是漆黑黑的，第二個是沒有手，因為中正路不能分段，畢竟他的身體怎麼可以分段？然後他還面對廁所。這次我去看，他們有提出澄清，說以前這個銅像不是擺在這裡，現在的銅像是面對廁所，當時的市長就去那邊掃廁所，當然是別人掃，他只去那邊抱抱小孩子、照照相，然後他就這樣完成了一件事。但是那個蔣公很生氣，他說你跑到慈湖去拜我，結果在公園裡都不理我，所以後來他在晚上起來走路，叩叩叩的，一直情緒不穩定，然後附近的居民就開始緊張了，因為蔣公顯聖，所以就開始來拜。因為台灣人有亂拜拜的情況，所以像蔣公會出來走路這種事情，就會超過我們平常的形式，還是會有一些不大的變化。另外像〈狼年紀事〉，我在裡面就完全是用對話把情節給帶過去。其實完全用對話的這種形式，我以前也有寫過，就是一個巴士，從新竹要回台北，大概是金馬號一類的巴士，後面有兩個人，大概是大學生，如果是新竹的大學生，不是清大就是交大，都是很好的學校。兩個學生一男一女一直在說話，我就在聽，只是在講一個人的高度，就從新竹講到台北。所以我就想到艾略特的詩〈我們都是稻草人〉，所以就想到那種東西，像要寫這種東西，你會有很多想法，比如說想到艾略特的詩，就會有很多聯想，而讓作品的內容更多一點這樣子。這篇後來就弄成四部曲，就從頭到尾通通都是對話。所以形式上還是有，因為對話還是一個問題，第一，因為我不喜歡講自己的話，而是讓人物去講自己的話，對話可以說比較抽象的，我自己本身不講抽象的，讓對話的人去講。這個對話可能也可以用正面講，也可以用反面講，有的是作者自己的意思，有些是作者反面的意思，讓他們去表達，所以形式上還是有，但是不是那麼重視這個，因為自己的能力可能沒有那麼好，不像李喬那麼有雄心壯志，一定要「一個內容，一個形式」。

黃——老師在創作過程中，其實不只寫您自己的作品，您也翻譯作品，像您有翻譯過契柯夫的小說，也翻譯過普希金的作品，其實也會有點好奇說，老師在翻譯的過程裡，怎麼樣去回到您的文學創作上？

**鄭**——我翻譯的作品主要是契訶夫的小說，因為自己喜歡所以就翻譯，當時在讀書我任職的銀行有一個刊物，所以自己翻一翻就放在上面刊登。另外像普希金就是志文要我翻的，他們覺得我既然翻了契訶夫就再翻一下普希金，等於說是出版社選的書，現在想起來這個譯本其實也不是很好，因為是從日文或英文這樣翻譯，現在就有直接翻譯俄文的版本了。

黃——因為我發現，跟老師同輩或長老師幾歲的作家，譬如說葉石濤或鍾肇政先生，他們其實都有翻譯的經驗，尤其這兩位都還翻出了許多經典的作品，像鍾肇政老師就翻過《沙丘之女》，但這類的書感覺上跟他的作品有一點點衝突，因為鍾肇政老師的寫作其實是寫實主義。所以我會有點好奇說，老師您翻譯的作品跟您自己的作品距離比較接近一點？

鄭——作品和自己創作的東西會有差別，最大的原因可能是因為，翻譯的作品是別人要你翻的，這些作品可能就和自己的寫作不太一樣，我想鍾肇政先生大概比較接近這樣的狀況，而我是因為自己喜歡，尤其是像契訶夫這種，主要是翻譯自己喜歡的東西。其實我們在寫作的時候，最主要是從外面接受的東西，包括翻譯或是閱讀，我們在接受的時候，並不是把整個東西搬過來，而是用很多自己的感覺去搬過來，比如說：我翻過一篇川端康成的〈燕子號的女童〉，那個故事就是寫一對夫妻去新婚旅行，他們從東京出發坐船到大阪，還有人到碼頭去送行，回程則是搭燕子號火車，這個是七十年前當時最快的火車。故事是這兩人從新婚旅行回來，主要是用先生的角度去看那個故事，所以他看到他的太太，因為當時主要的方式是相親，太太要從舊的環境到新的環境去，所以她有適應的問題有心理變化的問題，現在在車上看到一個外國女人，這個外國女人有一個包包，裡面寫著日本名字，他推測這個女人可能是嫁給日本人，這個外國人帶著一個小孩子，這個小孩子自己在玩，他本來以為怎麼會有一個小孩子，這個小孩子顯然是這個女人的小孩，他自己在玩然後有時候就去找媽媽一下、有時候就來玩，像這種東西雖然是很簡單，但你可以看到很多東西，第一個看到這一對夫婦的關係，還有看到他看到他太太面對適應的問題，還有一個更遠的這個外國人，她要嫁到日本來，還有一個小孩子，就像前面講到看松鼠的例子，他們外國人不大理會小孩子怎麼玩，只要安全沒有問題，整個原則沒有問題，他們就讓他自己去玩。像這種東西，你看到一個作品就可以看到很多東西，所以最主要的就是你要去讀，幫助自己在生活中發現東西，所以我們寫的東西會停留在台灣、停留在我們經驗的範圍內，比如說剛提到「乾淨、明亮」，這個想法雖然是從外國來的，但其實種想法在我自己的母親也有，我阿嬤活得很久，我母親則活得很短，她一直說我等到阿嬤百年以後，要幫她辦得很好，但是結果還是沒有。我阿嬤活到八十多歲，我母親活到四十歲。所以在日常的生活上，還有剛才老阿嬤在糞坑旁邊煮飯，這個是我自己看到，把這些東西加在一起，再把自己的想法放在一起，那你要怎麼處理這個問題。

黃——老師寫了一、兩百篇短篇小說，包含就是大家非常熟悉的〈三腳馬〉、〈報馬仔〉，或是〈最後的紳士〉等等，老師有沒有哪一篇自己比較偏愛的作品？

鄭——有人問我自己最喜歡哪一篇作品，我最近自己在想，就是〈秋夜〉。內容提到在農村裡面，一個婆婆三十八歲死了先生，她希望她的媳婦在三十八歲以後就要跟先生分房，就是雖然先生在但是不要跟先生在一起，家裡總共有三兄弟，其中老大、老二都照做，到了老三她也希望照這個作，但是老大跟老二有一些問題，比如說太太不跟自己的先生，但去跟別的男孩子去。最重要的是這個老三，她在中秋過後月亮很好的那一天，她跑到外面去，完全沒有燈光只有月亮，想到她先生在外面教書，可能也在看月亮，於是她走了兩個小時到她先生的地方去，這就是〈秋夜〉的內容。然後那個三十八歲的禁忌就打破了，非常自然地打破了，並沒有勉強，沒有反抗之類的東西在裡面，但是裡面有一個人的本性在裡面。對於自己的作品，就像自己的小孩，大大小小的都喜歡。比如說現在覺得《校園裡的椰子樹》裡面，雕刻的痕跡比較清楚，但是在〈秋夜〉就沒有這個問題。很多故事都被別人說不可能，像《相思子花》就是一個女孩子跟一個男孩有點情人的味道，這是我在象山爬山的時候，看到一個女人，忽然間脫了衣服，因為流汗嘛就脫了衣服，但是是脫光的喔在那邊擦汗。像這樣的故事，你看到的時候，既然事實上有那個情況，你當然可以寫這種情況，但是你可能會說不可能，但我就是親眼看到的，你一定要把這個東西寫得⋯因為一個是事實，一個是真實，事實是這樣，但你要把它寫成真的，所以我就寫了《相思子花》。後來也覺得不錯，但我還是比較喜歡〈秋夜〉。

黃——今天非常謝謝鄭清文老師來到我們「為台灣文學朗讀」，等一下老師要為我們朗讀他在最新的短篇小說集《青椒苗》裡的其中一篇——〈大和撫子棋盤〉。

（鄭清文朗讀〈大和撫子．棋盤〉）

# 白開水的一百種滋味——鄭清文

楊渡

鄭清文的小說平淡，淡得如白開水。

然而品嚐過好的泉水，你就會知道，它和自來水是不同的。那一種來自大地的甘美滋味，來自海洋的略帶海風的氣息，或者山中冰雪融化之際，帶一點冷冽的幽靜。所有滋味各自不同，值得細細品味。

在鄭清文的小說裡，人生的真實生活是平淡的，對話是尋常的，甚至情節也是人性所必然、人情所應然的某一種反應。然而在看似無奇的情節中，卻隱藏著生命的某一個更深層的本質。

那本質性的意涵，那對人生、人性。人情的觀察與體悟，鄭清文不會說出來。他要透過故事，透過每一個尋常的場景和行動，讓讀者自己去感受，自己去深思。至於感受到了什麼，卻得看讀者的悟性。

鄭清文的小說讓人想起契珂夫，帶一點靜靜的憂傷，淡淡的悲憫，和一抹沈靜的微笑。

鄭清文的諸多短篇小說，都像一杯水，但每一杯水的質地與內涵是如此不同，山泉或海洋深層水，你得自己去體會。

# 鄭清文小說選

# 大和撫子・棋盤

戰爭結束，日本人先躲起來。

美國的軍人，坐了吉普車，在台北市的街道上駛來駛去。每個人都笑容滿面，有人大聲呼叫，也有人在街上閒蕩。

小孩向美軍喊著，美軍會給他們一根香菸，有人會給一包，或剩下的。也有人給他們口香糖，或巧克力。

「西嘎列特。」

台灣人被徵召去南洋的，也陸續回來了。他們身上穿著美軍發給他們的軍服，背後印著「PW」兩個字。

中國的船也來了，是帆船。他們載來人和貨物。貨物以南北貨為主，也有酒和香菸。香菸很多假貨，大都是仿冒美國的香菸，像駱駝牌，或幸運紅心牌。也有假的雙炮台。

再過了一些日子，日本人也出來了。他們在住宅區出售家具、日常用品、衣物和書籍，準備回日本。他們也賣陶瓷器，有磁盤和插花用器，有字畫，有漆器，也有各種人形。

有的在路邊鋪草蓆，有的鋪布巾，把要出售的物品，擺上去。賣東西的人，有學生，有教員，有官吏和公務員，有家庭主婦，也有小孩陪著。他們衣著簡單，大部分都保持戰爭末期的簡單裝扮，男的也有穿舊西裝，不打領帶，女的穿便服，有的還穿著燈籠褲，結著頭巾。有人面帶笑容，大部分的人都沒有什麼表情。

書籍有套書，像世界文學全集、世界思想全集、世界風俗全集。最搶手的是三省堂的《簡明英和辭典》，是一般學生所愛用的。有的讀商校的，去買算盤。上欄一顆，下欄四顆算盤子比較細長的新式算盤。傳統的是上面二顆，下面五顆。也有人去買硯台。

川口秀子和一些改過姓名的人，已改回原來的姓名，叫呂秀好。

呂秀好的表姊夫，也是她舅父阿財伯的女婿，也是店裡的木匠，每次去台北日人住宅區，就買了棋盤，用腳踏車載回來，加起來也有七、八個了。

「買那麼多棋盤做什麼？」

表姊夫並不下棋，要下棋，一個就夠了。

「不，不下棋。這可以做上好的木屐。」

棋盤是用檜木做的，也有紅檜。檜木和紅檜都是台灣特產，日本人特別喜歡，把它當作國寶，是全世界最上級的木材。石世文聽說過，明治神宮的大鳥居，就是用台灣的檜木做的。台灣人做家具，多用肖楠、烏心石，也用次級的楠仔。台灣人較少用檜木。到了戰爭末期，多數日本船隻被美軍擊沉，已沒有船可以載運出去，砍伐下來的檜木，也流到台灣市場，也有人用檜木來做家具了。不過，使用的期間很短。

台灣多雨，台灣人習慣穿木屐。戰爭末期，物資缺乏，木材也不足，做木屐用材質較差的木材，像冇頭仔。這種木材不結實容易磨損，只有一般木材的二分之一的壽命。那時，也有人用廢輪胎做代用品，像拖鞋，穿起來好像腳底也快碰到地面。

阿財伯精於計算材料。一張大玻璃要如何分割，才能更多利用。木材也一樣。他要親自去木材店選原木，在木材店鋸開，分成枝骨、板堵等，再運回來使用。肖楠的鋸灰還可以運回來做「淨香」。

他對棋盤也一樣，一手拿著尺，把棋盤翻來轉去，從各角度測量，看看能否多做一雙，或一隻木屐。

「妳看，多美。」

表姊夫拿著做好的木屐，給呂秀好看。

用檜木做木屐的確很美，顏色美，木紋美，還有那自然漾出來的幽微的柴香。如果是紅檜，還有帶有紅色的木紋。

每一個棋盤都有兩盒棋子，黑的和白的。小孩子在玩棋子，棋子散滿地上，大人叫小孩收好，小孩子沒有收好，大人就拿了掃把掃起來，把它倒掉。至於棋子盒，也做得很精細，有人拿去當菸灰缸，有人拿去裝針線，有的就留起來做鐵釘盒。

「這個做什麼用？」

呂秀好指著棋盤的腳，問表姊夫。

棋盤的四個腳，也很精美。台灣人做家具，桌腳、椅腳都用車床，做起來方便省工。棋盤的腳是用手刻的。

「沒有什麼用，只能做燒火柴。」

表姊夫說完，拿起斧頭，把木腳劈成小塊。木腳也是用檜木做成的。檜木有油分，也是很好的燒火柴。

在阿舅的木器店，做家具剩下的木屑、鉋花都拿去做燃料，容易燃燒，有些鄰居還會過來分一點回去，做生火之用。

「姊夫，平時也用檜木做木屐？」

「不可能，太貴了。只能用柴頭柴尾做一點。」

其實，家具店平時是不做木屐的，太零碎了。

木屐賣得很好，有一個人買了兩雙，說太漂亮了，捨不得穿，要留下來做紀念。

七、八個棋盤，一下就用光了，表姊夫又出去，這一次只找到兩個回來。

「棋盤越來越少了。」

表姊夫說。

「阿舅，可以給我一個棋盤嗎？」

「妳要棋盤做什麼？妳也下棋？」

在台灣，大部分的人下象棋，只有和日本人有接觸的人，像老師、公務員，才下圍棋。至於女孩子，象棋、圍棋，幾乎都不下。

「它很美，我想留一個。」

「我記得，妳父親以前也下圍棋。」

「嗯。」

她一想到父親，眼眶就紅了。

「那妳選一個吧。」

以前的棋盤都用掉了，只有剛買回來的兩個。呂秀好比較一下，看看盤面，看木材，看油漆，格子，也看看側面，看看木理，也看看腳，以及腳的刻工。她看得很仔細，不過，只能二選一。她用布慢慢地擦，一邊擦，一邊摸。以前，父親也這樣。有時，父親也會在棋盤上打譜，她好像還可以聽到落子的聲音。而後，她把它搬到半樓，把棋子也一起帶上去，用一塊布巾蓋住。

半樓，平時放了一些家具。阿舅的店，家具都是訂製的，在沒有運走之前，會暫時放在半樓。戰時，戰爭結束以後，物資少，婚嫁都從省，製品也少，半樓有較大的空間。實際上，一個棋盤所占的位置也很有限。

過了十天左右，呂秀好看到店門口，又擺出幾雙檜木的木屐。她知道，以前所有的棋盤都用完了。她趕快上半樓，她的棋盤果然不見了，棋子都在地上。

「為什麼？」

她問表姊夫。

「有人說，那種木屐太美了，價格高一點，也一定要買一雙。」

「呃。」

呂秀好很想哭出來。

「無要緊，我會再去買一個回來給妳。」

不過，表姊夫並沒有再買到。他說，在古物商看到一個，價格很高，不能做木屐了。

本文原刊於《青椒苗》，麥田出版，二〇一二年九月，頁二三二至二三七

堅持那古老而恆久的——鍾肇政

## 鍾肇政

鍾肇政，一九二五年出生於桃園縣龍潭鄉九座寮，現居龍潭。一九五一年第一篇文章〈婚後〉刊登於《自由談》雜誌，燃起寫作興趣，從此勤奮筆耕，一九六一年第一部長篇小說《魯冰花》發表於《聯合報》副刊，同年起又陸續發表自傳體小說『濁流三部曲』——《濁流》、《江山萬里》、《流雲》，以終戰前夕一個知識青年的成長，反映了整個時代、社會蛻變的軌跡；一九六四年起撰寫『臺灣人三部曲』——《沉淪》、《滄溟行》、《插天山之歌》，歷時十年，呈現五十年臺灣淪日史的真正面目；另外，為原住民、霧社事件而寫的《馬黑坡風雲》、《高山組曲》，也可歸屬此一系列，開拓了臺灣文學以歷史經驗出發，創作史詩般的大河文學。曾長期主持《臺灣文藝》編務及出任《民眾日報》副刊主編，並編有『本省籍作家作品選輯』、『台灣省青年文學叢書』、『台灣作家全集』等。曾獲中國文藝獎章、吳三連文藝獎、國家文藝獎、行政院文化獎等多項獎項。鍾肇政長年筆耕不輟，著作等身，有小說三十餘部，另有書簡、回憶錄、譯作多種。

# 對話

鍾肇政×楊渡

楊——歡迎大家再次收聽為台灣文學朗讀，今天我們的節目特別移師到桃園縣龍潭鄉鍾肇政老師的家。今天來不僅是訪問鍾肇政老師，還有等同於一場文壇的盛會。我們現場在座有小說家鄭清文老師、評論家彭瑞金老師，還有詩人李敏勇先生，可說是一場文壇盛會。我們要非常謝謝鍾肇政老師，因為也只有他的訪問，才能號召大家在這裡聚會，而今天鍾老也會為我們朗讀《魯冰花》。首先請鍾老談一談為什麼會開始創作這一部小說？

鍾——我想不起來當時怎麼會寫下，應該是四、五十年前的事情了。那時候我太太還在，我的二兒子誕生了，大概是在他誕生的那一段歲月，那時日本書的進口還未被禁，跟政治無關的書或者文學之外的，特別是婦女雜誌可以自由進口，而且在台灣看的人不少，到甚麼程度是沒有統計。不過像我太太她的朋友、鄰居的太太們都在看日本的書。譬如以婦女為對象的《婦人俱樂部》、《主婦之友》這一類的，是在日本最有代表性的婦女雜誌。這些東西當時還未被禁止進口，大概是戰後十年左右，或者更早一些那段歲月，民國四十年左右。我太太很喜歡看那一類的書，我買一份、你買一份，看完了再交換這樣。我想那婦女雜誌到底在搞甚麼名堂？我是半大不小的時候就開始看書，知道這種婦女的雜誌，但很久沒有去關心它。那時候急著要吸收中國的智慧、吸收中國的文字，拼命的看中文的書。譬如有中國來的教師、同學、同事，他們偷偷的帶進來魯迅、茅盾的作品，對我來說真是稀世珍寶，我看得很高興，還受益良多。他們這些人的東西可以代表一種中國文學，對我來說產生非常大的影響，對我在吸收中文文字、用詞方法等等，都有相當不小的影響，受益不淺。

鍾——有天我在那樣的婦女雜誌上看到了一則小小的消息，用墨水筆框起來，日本某某學校的某某小朋友參加世界兒童美術比賽得獎。我看到這個消息有些衝擊，我當小學教師，我根本就不知道有這種世界性的兒童美術比賽，真是失職！我覺得很慚愧，想說這部分是不是該下點功夫呢？因為對美術知道一點皮毛，教教小朋友還可以，但屬於自己的理論，在美術方面我是零，ZERO！不過至少給我知道了有世界性這樣的比賽，我是不是想辦法來教小朋友，請一些美術方面比較有心得的老師，來交換教學。交換教學是說，我這一堂換成你，你的某一堂教給我。我用這種方式對於美術漸漸開始注意起來，然後在這過程當中，我也涉獵一些有關兒童美術教育的東西，像論文、雜誌，那時候我們也有一個美術雜誌叫《雄獅美術》，是由何肇衢、何政廣兩兄弟主編的。我希望能夠知道一點美術教育，建立起我自己的一套心得，就是說美術大家重視的是畫的很像，畫的很像就受到校方、教師很大的表揚，大家都誇獎這個小孩畫得很好，很像。我則有不一樣的想法，在種種美術雜誌、理論涉獵後，另外建立起來我自己的一套想法，我不知道對還是不對，可是我想這樣子侷限了小孩的思考方向、發揮的方向，是不是正確呢？我在這個疑問下就想來寫一本書，寫一個繪畫天才兒童，他畫的東西大人看了就要開口罵了，因為他天馬行空，這小孩的思考方式跟一般人不一樣，這就是我創造古阿明這個小朋友思考的基礎。比如說，我們說月蝕叫天狗吃月，天上有一隻狗在吞月亮，吃吃再吐出來，被牠吃掉的時候，月光就沒有了，然後漸漸地又出現了，又吐出來了。這是我們民間的古老傳說，像這樣的東西，小孩就充分有一個想像的天地，我就把這樣的想法，賦予古阿明這個小朋友，他會想到天上真正有一隻很大很大的狗會把月亮吃掉！然後我讓他畫的時候，他就真的畫出一隻好大的狗在吃吃吃，在吃月亮。我就把這個場景放在我這本書裡。然後不能免俗的，我要讓這個天才夭折，為了要賺人眼淚同情，有些作品我都讓主角死掉。我這一套非理論的理論，屬於我自己的，因此就寫成了《魯冰花》這本小說。它跟實際上的魯冰花有關係嗎？沒有。魯冰花是我在台灣苗栗埔心附近的農事試驗場，大概是國立的單位，在那邊試種魯冰花，剛剛從國外引進來，這方面歷史我有點模糊。日本有魯冰花，試驗場有，是日本人經過品種改良做的。魯冰花是戰前就有還是戰後才進來，這方面我記不太清楚。反正那個地方好大一片種著魯冰花，種到可以採收它的種子，分發給農婦，免費的分發。讓這些農人，特別是茶農，在茶葉一行行間播種，就長出魯冰花，黃綠相間自然的形成。

**鍾**——把這個作為題材，一方面是慚愧我作為一名小學教師我是失職的，我不知道有所謂世界性的兒童美術比賽，因為我看我太太看的婦女雜誌，有一個小小的啟示，框起來的，說日本某小學的某同學得了一個世界性比賽的獎，這是給我啟示。雖然我失職了，可是我用文筆來補救一下，讓我筆下的天才兒童也有機會去得獎，《魯冰花》說起來也就這些。我讓他畫畫，天狗吃月，天馬行空的想像，其他人想像不到，他想像天上有一隻很大的狗把嘴張開，就這樣吃月亮。在這本書的中間這一幕天狗吃月，後來老師郭雲天把他的作品送去參加世界性的比賽，這小孩我又讓他很殘忍的死掉了。死掉了之後，他卻得獎了，得獎的通知後來才到，這是全劇的構成。看過書的人就明白這個因果，電影也差不多。這部電影第一次放映在電影院，免費讓一所小學的同學去看，並邀請我到場，我就跟南部的朋友，兩三個一起過去，才剛進到電影院的門口，我就聽到嗡嗡嗡的聲音。我問說，那是甚麼聲音？原來是小朋友在哭了，這個電影院裡的小朋友都在哭了。我電影都還沒看到，就先聽到那個哭聲，我就覺得電影拍成功了，這樣感人的場面就在我眼前，是既高興又感動，拍的這麼感人，讓全部的小朋友同聲在飲泣，我覺得我想起那個場面，到現在都還會感動。是高雄的一家電影院，叫甚麼我已忘記了。這本書就這樣，銷路有多少也我不知道，不過電影是很賣座的，拍得非常感人。

**楊**——老師不僅寫過《魯冰花》，也寫過『台灣人三部曲』許多關於台灣歷史的大河小說，每個人都知道老師是開啟台灣大河小說的始祖，開山的一位大師。老師能不能簡單跟我們講一下，您那時為什麼會有這種大河小說的構想？過去台灣沒有這傳統。頂多只是短篇小說，是您開啟了寫大河小說。

**鍾**——其實大河小說中國古代就有了，像《紅樓夢》也是。前兩天我看到報紙報導有人抄寫它，抄《紅樓夢》，說有七十幾萬字。一本書是二十萬字左右，三本上中下，按現在的說法就是大河小說。甚至可以說中國自古就有這樣的傳統，有很多大部頭的文學作品。我是看得不多，不過至少《紅樓夢》我看過，在學習看中文的那個年代，似懂非懂、一知半解的年代，勉強的看過《紅樓夢》，按現在的標準來看，也算是大河小說。

（鍾肇政朗讀《魯冰花》〈楔子〉）

楊——謝謝鍾老為我們朗讀《魯冰花》，幾十年過去，鍾老依然充滿感情，十分動人。難得今天的聚會，我們也邀請彭瑞金老師來談談鍾老的創作，稍後也請鄭清文老師、李敏勇先生一起來加入。

彭——《魯冰花》這本書的出現，對於鍾肇政先生跟他同時代的作家都有非常重大的意義。過去我曾經說，鍾老用一個暑假的時間把《魯冰花》寫完，他馬上糾正我說，是用一個寒假，也就是說用三個禮拜的時間，那個時候的中小學老師就只有三個禮拜。為什麼要特別強調這一點？其實鍾老真正創作完成的第一部長篇小說不是《魯冰花》，在前面已經寫過兩部，一是《迎向黎明的人們》，還有一部是《圳旁一人家》。但是因為，我猜測是沒有投稿，因為那時候投稿若沒有登出來又等同下落不明，所以這個東西後來在編【鍾肇政全集】時才被找出來，可見當時他沒有拿出去投搞，可能是他覺得他自己這一關都過不去，就沒有投出去。更重要的原因就是，當時鍾老這一代的作家，他們的文字都被人用改作文的方式在評審，就認為文字不通過，大概就不會登出來。剛好因為林海音先生主持的《聯合報》副刊約定的連載作家缺稿，開天窗，而鍾老剛好把《魯冰花》寫完送出去，林海音就決定用了。我發現鍾老在獲得這樣一個要刊登的消息時，是非常非常興奮的，因為這是一個鍾老這一代作家的一大突破。所以他第一件事情就寫信給鍾理和說，你趕快寫個四萬字左右的作品，等到他《魯冰花》的連載完就把他貼上去。鍾老在對鍾理和的回憶裡，也提到說不知鍾理和是不是因為他對他這樣一個鼓勵，才把他逼得再次吐血，因為鍾理和也是在這一年的八月四日去世。所以其實《魯冰花》我們剛剛聽到鍾老自己朗讀，可以感覺到那個文字其實按國文老師的標準應該是九十八分以上，可是問題是在那個年代，鍾老開始寫作中文不久，就能有這樣的一個成就，所以他也覺得自己是一大突破。剛有提到鍾老其實是台灣大河小說的開拓者，其實這個開拓的意義在於戰後的台灣作家一直被認為說文字不合格，而鍾老能夠率先去完成這樣一個作品，並且能夠受到社會的接受，這當然對於這一代的作家有非常重大的意義。

**鄭**——我也來談談《魯冰花》，因為《魯冰花》對鍾老跟對我都有特別的意義。《魯冰花》我是在剛剛彭瑞金教授講的，是在聯合報副刊連載的時候看的，看的非常感動，所以我後來就寫了一篇文章給林海音先生，說寫的太好，林先生覺得說，這本書有那麼好嗎？所以把它一大部分刪掉。那個時候的稿子都沒有留，所以那個真的稿子沒有了，登出來的部分是林先生幫忙改的，這是第一個。鍾老有很多作品，我為什麼對這一篇特別感動？第一個就是寫魯冰花跟茶葉之間，那個黃色跟綠色，是台灣以前的一個風景，我們在鄉下也看到。但那個時候魯冰花不是在茶葉之間，他們以前也種在普通的田裡，是豆科的一種植物，有很多養分，所以種在普通的田裡，到時候把它犁起當肥料，這是一個代表風景。第二，為什麼那麼感動？就是寫一個天才小孩的夭折這樣一個事情，這是一個藝術家永遠的悲劇。一個很有成就的，你看世界上很多像莫札特、莫迪里亞尼，這樣的音樂家、畫家，都是這樣讓人懷念。這裡面有提到，畫得像很重要，我想這是基本的。但是要走出像這個東西就比較不簡單。當時我感覺鍾先生的重點是受野獸派馬諦斯的影響，把它誇大出一個特點這樣。所以這樣要走出一個傳統意識，這裡面已經有一個所謂藝術的追求就是要走出傳統，這面已經有。而且這個傳統是，假使這個小孩沒有好好照顧，讓他夭折，這是一個世上普遍的悲劇。還有一件有意義的事，這本書是我幫他出的第一本書。那時候出版社在三重；出版者沒有錢就向我借支一千五百塊，我就交給出版社，然後開了一個支票給我，結果那個支票後來不能兌現。後來鍾老知道這個事情，把錢匯給我，我又再還給他，說你是瘋了！

李——鍾先生讓我覺得很感動的是說，他跟詩壇的陳千武先生在某一方面有點相像，就是非常照顧前人跟提攜後輩。我常聽到年輕一輩的小說家，說他們受到鍾先生的提攜、關注，在台灣的文壇要繼續不斷的寫作，事實上會有一些社會上跟文化上的難題，如果沒有得到這樣的提攜很容易就會中斷。陳千武先生在詩壇的性質有點像鍾肇政先生，鍾肇政先生在《台灣文藝》雜誌，陳千武先生在《笠》詩刊，如果不是他，提攜年輕人、鼓勵年輕人去寫作，不可能走那麼長的路。

鍾——戰後台灣作家裡面，從民國四十年開始，我就試圖開始投稿，十投九退，八退、七退，這樣退退退，退了九年，然後四十九年，《魯冰花》出來了，然後就沒有退稿了。不但沒有退稿，從前抽屜裡滿滿被退的東西再拿出來改一改寄去，它們就不會退了，而且不但不會退，還會先來信說大作拜託，這些光榮的信件來，真的是這樣！你們有這樣的經驗嗎？

# 堅持那古老而恆久的——鍾肇政

楊渡

為了訪問文壇老前輩鍾肇政先生，特別由文訊封德屏安排，到桃園龍潭的古老街巷裡，在鍾老的家中進行錄音訪問。當天，鍾老來了好幾位老朋友。

鍾老像一個頑童，一邊為年輕朋友簽名，一邊說著自己的寫作。他的模樣，讓我想起馬奎斯老的時候，有記者訪問他，請他談寫作。他總是把寫作說得如此輕鬆，如此尋常，彷彿小說家就是一個說故事的人而已。他談《魯冰花》，不是談寫作的技巧，而是談他如何從女性雜誌、藝術雜誌獲得靈感，讓作品中的衝突與藝術表現，有更為厚實的美術基礎。

他談《台灣人三部曲》從不談自己如何寫作大河小說，而是在大河小說如《紅樓夢》裡，汲取養分。一生不斷培養後進，鼓勵後學的鍾老，即使許多後輩都尊重他是大老，他仍謙虛而自許要不斷學習。訪問之後，鍾老像一個台灣的老歐吉桑那樣，一定要一起去吃飯，他吃著簡單的日本料理，再來一杯啤酒，彷彿人生，都在泡沫的光影裡，成為他品嘗的一小口味道。

# 鍾肇政小說選

## 魯冰花〈楔子〉

雲看上去很高，一塊塊的；有些地方很厚，有些地方很薄。好像是看過人家畫畫的小頑童，學著把顏料擠在一塊木板上塗抹而成的「糊圖案」。

風很輕，茶園邊的一排排相思樹葉微微搖晃著，發出輕悄悄的沙沙聲。偶而，樹葉聲停止，這時週遭靜極了，靜得像回到太古的洪荒時代；只有細微的，比那輕悄的樹葉聲更細微的蜜蜂振翼聲在飄浮著。

魯冰花正盛開。一行行的茶樹和一行行的魯冰花，形成綠黃相間的整齊圖案。

人們喜歡說，蜜蜂是辛勞勤奮的昆蟲，其實牠們也只能說是「半年辛苦半年閒」；比較起來，這裏的居民的確要辛勞多多，田裏的事足足要忙上半年，加上茶園裏的活兒，能夠享受清閒的時光到底還有多少呢？而且人們又沒有蜜蜂那樣樂觀，終日嗡嗡地唱個不停。

這時，散落在茶園裏摘茶的女人，大概已經疲倦了，再沒有興緻邊摘邊聊。夕陽懶懶地照著她們那深弓著的背腰。

茶園一角的相思樹蔭下，有個年輕人坐在三腳凳上，面對著畫架，揮動畫筆。畫已到了完成階段，黃綠相間的背景上，幾個摘茶女人點綴其間。

這時他停下手，掠一掠垂在額角的髮絲，吐出一口長氣，把挺著的背脊放鬆下來。

他把調色板和畫筆放在地面，緩緩地起身，後退幾步，略微細瞇著眼睛看了一會畫。

「……綠色的憂鬱……」他低語了一聲，嘴角露出一絲絲苦笑。

這是第三幅了。奇怪，總是這麼暮氣沉沉的，怎麼會畫成這個樣子呢？難道我怎麼也擺脫不開憂鬱了嗎？他想。

他有意補捉住春的氣息，才一連多天選上這個地點作畫。一片綠色與黃色的世界，抽芽茁長的茶樹，還有那些摘茶女人，這一切的一切都代表青春、向上，加上勤奮。可是一旦到了他筆下，整個畫面就顯露出一股悒悒寡歡的氣息。他怎麼也想不透為什麼會這個樣子。

他想起了已達一年半之久的療病生活。一定是這些灰色的日子，身心都染上憂愁的色彩了。他自忖著。

「姊姊，那個人又在畫畫呢。去看看吧。」

「不行！晚回去又要給爸爸罵。」

「一下子就好吧，姊姊。」一個十歲大小的男孩在央求著。他伸出手把姊姊肩上扛著兩隻茶簍的竹棍使勁拉住。

「別拉！哎哎，真是……」她無可奈何地說。

那個在畫畫的人轉過身子，微笑著迎接了姊弟倆。

幾天來，他們每天都在這兒碰頭，雖然還不相識，但倒也混得很熟了。

「你們要回家了？」他問。

「是。」

姊姊露著笑靨答了一聲。在她那張膚色很黑的臉上，牙齒特別白皙。

「啊！畫好了，真美。」

弟弟瞪大著眼睛，萬分羨慕地望著畫叫起來。

「你喜歡嗎？」那個年輕人仍然微笑著。

「喜歡！太喜歡了，我如果也能畫這樣的畫，該多……」

「咦，該多什麼？好，是不是？這張送你，要嗎？」

「呀，送我？」

「是啊。其實這張沒什麼好。」

「不，不，很好。我喜歡這種顏色，這種……我說不上來。」

那年輕人把那幅在木板上的油畫取下來，再端詳了一眼，伸到男孩鼻前。男孩看了看畫，又看了看那個人柔和地微笑著的眼睛，不敢馬上接下來。

「拿去吧，小弟弟。」

「不！」姊姊搶著說：「謝謝你，可是我們不能夠……」

「為什麼？」他把面孔轉向她：「小弟弟喜歡它，有什麼不好呢？反正我也不是要留下來做什麼的。」

「謝謝你。」

弟弟終於接下來，深深地一鞠躬。

「還沒乾呢，小心別弄髒了。」

他燃了一枝菸又說：

「讓我看看你們今天摘了多少茶。」

他走過來，先瞧了瞧茶簍，然後提起來。

「噢，這麼重。比昨天還重哪。」

「總是差不多的。」姊姊答。

「我今天特別賣力摘呢！」弟弟沒等姊姊說完就提高嗓門說。

「是嗎？你真了不起哇。昨天的多少斤？」

「二十五斤半。」姊姊答。

「那今天準有三十斤囉，了不得。明天希望你們摘的更多。」

「不啦！」弟弟搶著說：「明天得上學了，不用摘了。」聽口氣，好像好不容易才挨過了這些天似的。

「喔，對啦。春假完了。你在幾年級？」

「我三年，姊姊六年，快畢業了呢。」

「是嗎？很好很好。你們一定都是優等生吧。」

「姊姊考第三名。我可不行呢，十五名。」

「十五名嗎，也很不錯啊。你該用功些，不是嗎？好吧，我們明天見。」

「明天你還來畫嗎？」

弟弟又期待地仰起脖子問了一聲。看那模樣兒，好像很不願意就此分手。

「不畫了。我是說我們再見。」

他很想告訴他們，以後見面的機會非常多，但又怕他們回遲了要挨罵，便沒說。

他目送他們回去。那個男孩小心翼翼地捧著畫，看那樣子，彷彿手裡的東西是什麼無價之寶，一不小心掉下會碎裂一般。而他那頻頻向姊姊說著什麼的興沖沖的背影，顯示著他的內心是多麼興奮。

對一個從事藝術工作的人而言，發現到知音該是最欣喜的，那怕這知音是怎樣幼稚可笑。尤其當他想到那幅並不能算高明的作品將被珍藏、欣賞，更禁不住一股溫情在心中泉湧。

他提著畫具箱，踏著自己的長長的影子，一面走一面想著就要開始的新生活。踏進小孩子們的天地當中，一定能夠把一年多來的苦澀的悶氣驅走。像剛才，跟小朋友們稍一接觸，感受就已經很深刻，胸臆裏的濃霧，好像遇到了太陽般地開始消散、廓清。

一年半，唉，真受夠了。總算沒有敗給病魔，但這一連串的日子，豈不是等於白費了嗎？人生到底有幾個一年半啊。明天，可以說是我的人生的再出發，雖然工作只不過是臨時的，然而做為一個起點，倒是的確蠻有意義。因為那兒有天真、快樂、和平、安祥……。

他的腦子裏自自然然地展現了一幅兒童們嬉戲玩樂的情景。

選自《魯冰花》，台北：遠景出版社，一九七九年六月，頁一至六。

國家圖書館出版品預行編目(CIP)資料

沉靜而洶湧的大地 / 王拓等人作品 · ── 初版 · ──
臺北市：中華文化總會，2016.10
面；公分 · ──(為台灣文學朗讀；3)
ISBN 978-986-6573-61-3(線裝附光碟片)
1. 中國文學 2. 文學鑑賞 3. 作家 4. 訪談

820.77　　105020231

為台灣文學朗讀———3

# 沉靜而洶湧的大地

發行人　劉兆玄
總策劃　楊　渡
執行統籌　鮑愛梅
執行製作　文訊雜誌社　聯經出版社　國立教育廣播電臺
作品授權　王　拓　王禎和　吳　晟　李　喬　宋澤萊
季　季　黃春明　楊青矗　鄭清文　鍾肇政（依姓氏筆畫序）
書影提供　文秀英

責任主編　蕭仁豪
文字編輯　葉宇萱
特約編輯　劉凱倫　陳維信
編輯協力　巫怡錚
美術裝幀　霧　室
人物繪像　彭禹瑞
錄音剪輯　洪嘉勵

出版者　中華文化總會
地　址　10066 臺北市中正區重慶南路二段十五號
電　話　(02)2396-4256
傳　真　(02)2392-7221
網　址　http://www.gacc.org.tw/
版　次　2016 年 10 月初版一刷
ISBN　978-986-6573-61-3

贊助單位　華南商業銀行　特此致謝